花言葉を君に

シャロン・ケンドリック
高杉啓子 訳

FINN'S PREGNANT BRIDE

by Sharon Kendrick

Copyright © 2002 by Sharon Kendrick

All rights reserved including the right of reproduction in whole or in part in any form.
This edition is published by arrangement with Harlequin Enterprises ULC.

® and TM are trademarks owned and used by the trademark owner and/or its licensee.
Trademarks marked with ® are registered in Japan and in other countries.

All characters in this book are fictitious.
Any resemblance to actual persons, living or dead, is purely coincidental.

Published by Harlequin Japan,
a Division of K.K. HarperCollins Japan, 2024

シャロン・ケンドリック

英国のウエストロンドンに生まれ、ウィンチェスターに在住。11歳からお話作りを始め、現在まで一度もやめたことはない。アップテンポで心地よい物語、読者の心をぎゅっとつかむセクシーなヒーローを描きたいという。創作以外では、音楽鑑賞、読書、料理と食べることが趣味。娘と息子の母でもある。

◆主要登場人物

キャサリン・ウォーカー……ジャーナリスト。
ピーター……………………キャサリンの元ボーイフレンド。
ミランダ・フォス…………キャサリンの上司。雑誌の編集長。
フィン・ディレイニ………不動産開発業。
フィノーラ…………………フィンの叔母。
パトリック・ゲイシー……フィンの友人。
エイズリング………………フィンの友人。パトリックの妻。

1

最初、キャサリンはそこに座っている人影に気づかなかった。いかにも楽しい休暇を過ごしているわというように、ウエイターに作り笑いをしてみせるのに忙しかったのだ。本当はボーイフレンドがほかの女性を愛してしまい、落ち込んでいるのだけれど。

蒸し暑い夜の空気が、ギリシアのねっとりした蜂蜜（はちみつ）のように肌に感じられる。

「こんばんは（カリスペラ）、ニコ」

「カリスペラ、ミス（デスピニス）・ウォーカー」キャサリンを見たウエイターの顔が輝いた。「今日はいかがでした？」

「すばらしかったわ！　あなたに勧められたとおり、いろいろな入江にクルーザーで行ってみたの」

「兄はちゃんとご案内しましたか？」ニコは心配そうに尋ねた。

「ええ、それはもう熱心に」実際、ニコの兄はキャサリンにすばらしい景色を見せようと熱心すぎて、彼女はできるだけ操舵（そうだ）室から離れて座っていたくらいだ。「いつものテーブルね？」キャサリンは笑みを浮かべてきいた。ニコは毎晩、海の見渡せる最も眺めのいい奥のテーブルに案内してくれる。

だが、ニコは顔を曇らせた。「今夜はだめなんです、デスピニス。もうお客さまがいらして。アイルランディアからいらした男性です」

ニコの口調が変わった。尊敬の念がこめられているような感じがする。それに羨望のようなものも。キャサリンは意味がわからずにニコを見た。どこから来た男性ですって？

「アイルランディア？」

「アイルランドです」ニコは少し考えたあとで言い直した。「今日の午後お着きになって、今あなたのテーブルでディナーを」

そんなことにこだわって落胆するのはばかげているが、キャサリンは本当にがっかりしていた。休暇中なのに、いつの間にかちょっとした習慣を作ってしまっている。毎晩キャサリンはレストランの海に張り出したウッドデッキの端のテーブルで、海上に漂っているような感覚を楽しんでいた。

手すりからのぞくと、デッキの支柱に打ち寄せる黒い波が見える。銀色の月光が海を照らし、その美しさに心を奪われて、キャサリンはしばしイギリスのことやピーターのこと、そして自分を待っている仕事を忘れることができた。

「どうしてあの人が？　今夜はここで過ごす最後の晩なのに」

ニコは肩をすくめた。「あの人はなんでもできます。ミスター・コリトシスの友だちだから」

キリオス・コリトシス——七十歳を過ぎたこの島の大物で、ホテルを三軒所有しているほか、村の店の半分は彼の経営だ。

キャサリンは目を凝らして、自分が座るはずの椅子に座っている人物を見た。女性は顔つきで、男性は体つきで判断できるというが、薄明かりの中ではよくわからない。ただ、引き締まったたくましい体から、その男性はキリオス・コリトシスより四十歳くらいは若いことがわかる。

「隣のテーブルにご案内します」ニコがなだめるように言った。「そこも眺めはいいですから」

キャサリンは笑みを浮かべてみせた。ニコが悪いわけではないし、テーブルにこだわるなんてばかげているわ——自分の信じていた世界が粉々に壊れてしまったからといって。ピーターが私と別れてすぐに〝生涯かけて愛する女性〟を見つけ、三年近く続いた二人の関係はなんだったのだろうと私に思わせたからといって。「そうね。ありがとう、ニコ」

フィン・ディレイニは日没を眺めながら、ブランデーにアニスの香りをつけたウーゾをゆっくりと飲んでいた。緊張が少しずつ解けていくのがわかる。彼は人生最大の取引を成功させたところだった。かなり困難で油断できない取引だったが、いつもと同じように、こうと決めたとおりに達成した。

だが成功をむなしく感じたのは初めてのことだ。銀行口座にはまた百万ポンド入ったが、それすらなぜか無意味に感じられる。

契約書のサインのインクも乾かぬ間に、フィンは衝動的に空港に向かい、よく知っているギリシアの何もない美しいだけの島にやってきた。秘書に連絡すると、彼女はあきれて言った。

「仕事はどうなさるんですか、フィン？　スケジュールがぎっしり詰まっているのに」

フィンは広い肩をすくめた。突然、解放されたい衝動に襲われた。「全部キャンセルだ」

「キャンセル？」秘書は力なく言った。「わかりました。ボスはあなたですから」

そう、僕がボスだ。そのためには犠牲も強いられる。権力は孤独を意味する。最近では、アポイントメントなしにフィン・ディレイニと話ができる人物はほとんどいない。だが、フィンは孤独が好きだったし、孤独な自分の運命は自分でコントロールできるようにしたかった。人と親しくなりすぎると、自分でコントロールできなくなる。

フィンはウーゾのグラスを手に取り、不思議な思いで白く濁った飲み物を見つめた。いつもの自分とは違う世界にいるような感じがする。この島に来るといつもそう感じる。まだ成功していないころにここに来たときも、この島は両手を広げて迎え入れてくれた。彼は、ここでは単に〝フィン〟か〝キリオス・ディレイニ〟と呼ばれている。ダブリンではビジネス界の切れ者と呼ばれているが、今夜は友人たちもライバルも、彼を見てもフィンだとわからないに違いない。

いつもはスマートなスーツに身を包んでいる彼が、今夜は色あせたジーンズに、この島で買った白い薄手のシャツを着ている。上から三番目までボタンを外しているので、日に焼けた胸がのぞき、豊かな黒髪はカットが必要なくらい伸びていて、長い脚はテーブルの下に投げ出されている。

さっきまで魚の入った網を浜に引き揚げていた漁師になったような気分だ。文句のつけようのない満月の夜。フィンはため息をついた。仕事に成功して有名になると、こういうシンプルな楽しみを見失いがちだ。

「こちらです、デスピニス・ウォーカー」ウエイターの声が聞こえた。ウッドデッキを歩いてくる足音がしたので、フィンはなにげなく振り向いた。彼のほうに向かってくる女性を見て、急に心臓の鼓動が乱れる。グラスを置き、彼は目を凝らした。美しい女性だ。とても！　だが美しいだけではない。世の中に美しい女性は掃いて捨てるほどいる。いったい何が違うのだろう？

黒い髪が肩先で揺れ、熟れた肉体を想像させる薄手のドレスと繊細な顔立ちが、どうしようもなく魅力的だ。

確かに美しい。女性を値踏みするフィンの目がきらりと光った。そして何か怒っているように見える。唇を引き結び、まるでフィンがそこにいないみたいに彼を通り越して真っすぐ前を見つめている。フィンは興味をそそられた。彼の身のまわりでめったに起こるようなことではない。アイルランドで一番人気のある独身男性を、すきあらば誘惑しようと群がる女性たちを、フィンは必死で振り払っているのだ。

女性は隣のテーブルについた。ウエイターが彼女の世話をやいている間、フィンは際立って美しいその横顔を観察した。小さくかわいい鼻、唇は折り重なったばらの花びらのようだ。肌はギリシアの熱い太陽に焼かれ、金色に輝いている。手足が長く、動きがしなやかだ。

フィンの脈拍が速くなった。血が熱くたぎってくるのがわかる。いつもの自分とは違う人間になったみたいだ。彼女を部屋に連れていき、ともに甘い感覚の世界に浸りたいと思うのは、この月と暖かい夜の空気のせいだろうか？　この島が僕に魔法をかけ、血気盛んな十代の若者に戻らせたのだろうか？

男性が称賛の目を向けていることに、キャサリンは気づいていた。自分が座るはずの場所を占拠されているのを目の当たりにすると、やはり横取りされたという気持ちはぬぐえない。何を注文するかはもう決めていたので、メニューを眺めていても文字を見てはいなかった。

禁断の肉体と、彼女が発している拒絶的な雰囲気に興味と欲望をかき立てられ、フィンはかすかに笑みを浮かべた。これはまったく新しい経験だ。

「カリスペラ」フィンは小声で言った。

キャサリンはメニューから目を上げなかった。そう、この男性はアイルランド人だったわ。アイルランドがミュージカルの発祥の地ではないかと思わせるほど、やわらかく深みのある声でリズミカルに話す。蜜の中で小石を転がすような声――こんな声を聞いたら、ほとんどの女性は魅了されてしまうだろう。

でも、私は違うわ。

「こんばんは」彼は今度は英語で言った。

キャサリンは顔を上げ、彼を見たとたんに後悔した。これほど印象的な目が自分のほうに向けられているとは思ってもいなかったからだ。この薄暗いデッキでも、深いブルーの瞳がはっきり見える――昼間、彼女がぼんやりと身を浮かべていた海よりも深い色だ。黒く濃いまつげに囲まれた瞳の奥に光るものがある。

典型的なアイルランド人らしい、粗削りな感じのハンサムな顔だ。そのセクシーな唇の端に笑みを浮かべ、彼女の返事を待っている。

「私におっしゃってるの？」キャサリンは冷ややかに言った。

　こんなふうにはねつけられたのは久しぶりだ！　フィンは二人のほかに客のいない狭いレストランを見まわした。「僕には独り言を言う癖はないからね」

「私にも見ず知らずの人と急に話を始める癖はないわ」

「フィン・ディレイニ」彼はほほ笑んだ。

　キャサリンは眉を上げた。「なんですって？」

「僕の名前はフィン・ディレイニだ」フィンはゆっくり笑みを浮かべた。こんなに冷たく対応されたのは初めてだ。笑顔もいつものように功を奏さない。

　キャサリンはじっと座ったまま、しゃべろうともしない。彼が誘惑しようとしているとしたら、彼女はまったく興味がないということだろう。

「もちろん、僕は君の名前を知らない」

「それは私があなたに教えていないからよ」

「それで、教えてくれるつもりはある？」

「条件によるわ」

　フィンは眉を上げた。「条件って？」

「あなたが移動してくれるなら」

「移動するって、どこに？」

「テーブルを代わってほしいの」

「テーブルを代わる？」

キャサリンのジャーナリストとしての意識が頭をもたげた。「相手の言葉を、すべて疑問形に変えて繰り返す癖があるの？」

「君はいつも異性に対して突っかかる癖があるのかい？」

今は男性に対してまともに振る舞えないのだと言おうとしてやめた。つらそうに聞こえるのはいやだ。ピーターとの関係が終わったという事実に、やっと慣れてきたのだから。

彼女はからかうようにきらめくブルーの瞳を見返した。「私が突っかかっているように見えるんだったら、その理由もわかっているんでしょうね」

「僕が邪魔で景色が見えないというくらいのことじゃないだろうね？」フィンは物問いたげな表情で言った。「とても愛想がいいとはいえないからな」

「それは、あなたが私のテーブルに座っているからよ」キャサリンはとまどっているフィンを見て肩をすくめた。彼が悪いわけではない。「ばかげたことに聞こえるかもしれないけど、私は毎晩そのテーブルに座っていて、そこを自分の席と決めてるの」「ここの景色はどこにでもあるというものじゃないからね――僕の国ですら無理だ」

「ちっともばかげてないさ」フィンの口調が音楽のように和らいだ。

夕暮れの空に銀色の尾を引いて流れる星が見えた。「そうね」キャサリンは物悲しげにため息をついた。

「いつでもこっちに移っておいでよ」フィンが言った。「そうすれば二人とも楽しめる」ためらっているキャサリンを楽しそうに見やる。「いいじゃないか」

そう、いいじゃないの。十二日間も一人で食事をしていたら、おしゃべりな女性は話し相手が欲しくて仕方なくなるのが当然だ。それに一人でいると、常に頭から離れない問題をつい考えてしまう――ピーターとの関係を続けるために、何かできることがあったのではないかと。長い間、離れていたことが二人の間に埋められない溝を作ってしまったとわかってはいても、後悔せずにはいられないのだ。

「飛びかかりはしないよ」フィンは優しい口調で言った。彼女の表情が急に陰ったのが気になる。

キャサリンはフィンを見つめた。表面上は穏やかだが、すぐにでも飛びかかりそうな顔をしている。感情が凍りついている今でさえ、彼が性的に気持ちを高ぶらせているのがわかった。それは仕事上、人の心を読み取る訓練ができているからだけれど。

「そんなことわからないわ。あなたを知らないんですもの」

「知らなくたって、このテーブルに移ってこられるだろう?」

「景色を見るだけだから?」

「そう、そのとおりだ」だがフィンの視線は彼女の顔にじっと注がれたままだ。うれしい半面、わけのわからない悪い予感がする。

それは彼が危険な表情をしているからかもしれない。黒い髪とブルーの瞳、からかうようなけだるい笑み。色あせたジーンズに白いコットンシャツの前をはだけて着ている彼は、毎朝、浜で魚の網を引き揚げている漁師のようだ。この男性に二度と会うことはない。だったら、何をためらうことがあるの？「わかったわ。ありがとう」

キャサリンが隣の椅子に腰を下ろすと、ばらの花と蜜をまぜたような香りが漂ってきた。不意を突かれて、フィンの感覚が鋭くなる。「まだ君の名前を教えてもらってないよ」

「キャサリン。キャサリン・ウォーカーよ」彼女は待った。フィン・ディレイニが『ピザズ！』の愛読者で、署名入りの記事で彼女の名前を見た可能性もある。だが、フィンの表情は変わらない。キャサリンはかすかに皮肉な笑みを浮かべた。こんなたくましい男性が、あんなこぎれいな雑誌をめくったりするはずがないわね。

「はじめまして、キャサリン」暮れなずむ空の金やピンクやばら色を映してきらめく海を見ていたフィンが、視線を彼女に戻した。「すばらしい眺めだね」

「そうね」深いブルーの瞳になぜかどぎまぎして、キャサリンはワインを口に運んだ。

「この島に来たのは初めてじゃないんでしょう？」

「僕のことを調べたのかい？」フィンはなにげない口調で尋ねた。

横柄な言い方かもしれないが、それが彼女の仕事なのだ——ただ、今回は彼について調査していない。「なぜそんなことをする必要があるの？　あなたがキリオス・コリトシスと親しいって、あのウエイターが言っていたのを聞いただけよ」

フィンは肩の力を抜いた。ずっと昔の夏を思い出す。「そうなんだ。ヨーロッパを旅行しているときに彼の息子と知り合ってね。旅の最後にここに立ち寄って、この島に恋してしまったのさ」

「そして、毎年ここを訪れてるってわけね？」

フィンは笑みを浮かべた。「まあ、そんなところだ。君は？」

「初めてよ」声の震えを隠すために、またワインを飲んだ。ピーターと離れていた時間を取り返すためのロマンチックな休暇になるはずだったのに。でも、そんな話を彼にする必要はない。ピーターと永遠に別れてしまったことも。

「また来るかい？」

「そうは思わないわ」

「また来たいと思うほどには気に入らなかった？」

キャサリンは首を横に振った。このポンディキ島に来れば、忘れてしまいたいことを思い出すからだ。「同じことを繰り返したくないだけ。世の中には未知の可能性があふれているというのに、同じことを繰り返す必要はないでしょう？」

フィンの耳には、彼女が自分自身に言い聞かせているように聞こえた。そのとき、ニコがやってくるのを見て、彼は尋ねた。「何にするか決めたかい？」

「魚とサラダ」キャサリンは機械的に答えた。「ここではこれが一番おいしいわ」

「君は習慣に従うのが好きなんだね。毎晩、同じテーブルで同じ料理を食べる。安定を求めているのかな?」

なんて勘が鋭いのかしら!

「休暇中はだれだって習慣を作るものよ」

「そうしていれば気楽だから?」

深いブルーの瞳に、胸の奥まで見通されているようだった。これ以上、せんさくされたくない。せんさくするのは私の得意技よ。「そんなところね」

キャサリンがギリシア語で注文すると、ニコは笑みを浮かべて書きとめた。続いてフィンが流暢(りゅうちょう)なギリシア語で注文した。

「ギリシア語が話せるのね!」ウエイターが立ち去ったあとでキャサリンは言った。

「君だって」

「レストランや買い物に困らない程度だわ」

「僕だって同じようなものさ」

「ずいぶん控えめなのね」

「謙遜(けんそん)してるんじゃなくて本当なんだ。哲学を論じられるほどうまくない。僕の哲学の知識なんてささやかなものだから、論じようなんて思わないほうが賢明だけどね」フィンはキャサリンの大きなグリーンの瞳と、ワインにぬれた唇を見つめた。「だから君の話をしてくれないか、キャサリン・ウォーカーの話を」

「年は二十六歳。ロンドンに住んでるわ。そうじゃなかったら犬が飼えたんだけど、都会で動物を飼うのはかわいそうですものね。映画を見たり、公園を散歩したり、夏の暑い夜にカクテルを飲むのが好き——特別なことは何もないわ」

どうでもいいことを少し聞いただけでは何もわからない。フィンはさらに好奇心をかき立てられた。女性に自分の話を聞かせてほしいと言えば、普通はとめどなく話をするものだ。短いほうが多くを語る場合もある。「ロンドンで何をしてるんだい?」

その問いに関しては、ここ何年かは答えをはぐらかしている。彼女の職業がわかると、みんなが同じことを尋ねるのだ——有名人に会ったことがある? フィンはそんな人間には見えないが、今は仕事のことは考えたくない。「広報関係の仕事を」それも真実に違いない。

「あなたは?」

「僕はダブリンに住んで仕事をしている」

「どんな?」

たとえ真実でも、不動産業で成功した大金持ちなどと言えば自慢しているように聞こえるだろう。それに富の力が人を堕落させるのを数多く見てきた。職業は隠しておいたほうがいい。特に美しい女性には。「いろいろなことに手を出してる」

「法律に反することじゃないでしょうね?」彼女が反射的に問いただすと、フィンは声をあげて笑った。

「もちろん、法律には反していない」フィンが大まじめな顔をしてみせたので、キャサリンも笑った。その口元を見て、これほどキスしたくなる唇は見たことがないとフィンは思った。なぜ彼女はこんなところに一人でいるのだろう?

フィンはキャサリンの左手の薬指を盗み見た。指輪はない。少なくとも今は。ニコが二人の料理を運んでくるのが見える。フィンは彼女のほうに身を乗り出した。ばらと蜜の香りが鼻孔をくすぐる。

「いつまでここにいるんだい?」

まだ笑う元気が残っていてよかった。キャサリンは警戒心を解いた。そしてすぐに後悔した。フィンがすぐそばにいるのに気づいて胸がどきりとし、日に焼けた肌やブルーの瞳に刺激されている自分に驚いた。感情の動きはとまってしまったはずなのに。ピーターと別れた喪失感しか感じないはずだったのに。それなのになぜ一瞬、欲望を感じてしまったのだろう?「明日が最後の日なの」

フィンはがっかりしている自分に気づいた。彼女がもっと長くこの島にいて、二人の間に休暇中のロマンスが生まれると期待してでもいたのか? そうだとしたら、思った以上にストレスがたまっているのだろう。「明日はどうするんだい？　島めぐりでも？」

キャサリンは首を横に振った。「すべて行ったし、すべてやったわ。明日はビーチでのんびりするつもり」

「僕も一緒にビーチでのんびりしようかな」フィンはゆっくりと言った。「君がかまわないなら」

2

キャサリンは日焼けどめクリームを最後に鼻に塗り、エメラルドグリーンの水着の上からパレオを腰に巻いた。胸がどきどきしているのがわかる。ビーチでフィン・ディレイニに会うことを簡単に承諾しすぎたかもしれないと、今になって気になりだした。

キャサリンは悲しげな笑みを浮かべた。まるで十代の女の子みたい！　長い間つき合っていたボーイフレンドと別れたばかりなのに――でも、だからといって修道女みたいな生活を始める必要はないわ。魅力的でカリスマ的な男性とひとときを過ごしても罪にはならない。ことに、今日は帰る日なのだから。もしフィン・ディレイニが力ずくで迫ってきたら、やんわりと断ればいい。

黒髪を手早くポニーテールにし、日よけ帽をつかむと、コーヒーを飲みに出かけた。太陽はすでに空高く上っているが、テラスはちょうど木陰になっている。キャサリンは腰を下ろし、景色を心に焼きつけようとした。明日はもうロンドンだもの。

「ゆうべはキリオス・ディレイニとご一緒でしたね」いちじくの実とブラックコーヒーを

運んできたニコが、少し寂しげに言った。朝食は食べないと言ってあるのに、ニコは毎朝、珍しいものを運んできてくれる。

「ええ、一緒だったわ」

「彼はあなたが好きみたいですね――美しい女性が好きだから」

キャサリンはきっぱりと首を横に振った。「同じ言葉を話す者同士が知り合っただけよ。私は今日の午後には帰るんだし――覚えてるでしょう？」

「あなたも彼が好きなんですか？」

「あの人のことは何も知らないのよ！」

「女性はみんなフィン・ディレイニが好きです」

「そうでしょうね」人を惹(ひ)きつけずにはおかないブルーの瞳、豊かな黒髪、そして非の打ちどころのない体を思い出しながらキャサリンは言った。個人的に彼に関心を抱いているかどうかはわからないが、ジャーナリストとしては彼の魅力に心惹かれている。

「彼は勇敢な人だし」ニコが寂しげにつけ加えた。

キャサリンはコーヒーカップを口に運ぼうとしていた手をとめ、顔を上げた。勇敢という言葉は病気や戦争のときに使われ、普段の行動を表すときにはあまり使われない。「どんなふうに？」

ニコはキャサリンの前にいちじくの皿を置いた。「キリオス・コリトシスの息子が死にそうになったところをキリオス・ディレイニが助けたんです」
「どういうこと？」
「二人がスクーターで島をまわっていたときに、イアニスが事故を起こしたんです。血だらけだった」ニコは少し間を置いて続けた。「僕がまだ若かったころです。アイルランディア人がイアニスを抱いてここに運んできました。ここで医者が来るのを待ってたんです」ニコは遠くを見る目つきをした。「キリオス・ディレイニの白いシャツが真っ赤だった」ニコは目を閉じた。「真っ赤にぬれていた」

キャサリンはコーヒーを飲むのも忘れていた。流暢（りゅうちょう）な英語で語られるより、なぜかニコの下手な英語のほうが事故の状況をより鮮明に想像させる。フィン・ディレイニの胴体に張りついた、血にぬれたシャツを想像して彼女は身震いした。
「キリオス・ディレイニがいなかったら、イアニスは助からなかったって、みんなが言っていました。イアニスのお父さんはこのことを絶対に忘れない」

キャサリンはうなずいた。もちろん忘れないだろう。どんな大金を払っても、息子の命は買えないのだから。でもたとえ命の恩人でなくても、フィン・ディレイニは忘れられない男性だ。気楽にビーチで会うことにしたけれど、急に気楽ではなくなってしまった。

断るべきだったわ。

それでもキャサリンはビーチへ向かう石の階段を下りた。下りきったところでぴたりと足をとめ、息を詰めた。

　白いリボンのように細長いビーチには、フィン以外だれもいない。筋肉質の背中はキャラメル色に焼け、紺のトランクスを身につけているだけだ。キャサリンは急に口の中がからからに乾くのを覚えた。

　いったいどうしたっていうの？　ピーターが私の人生だった。未来だった。彼から気持ちが離れたことは一度もないし、ほかの男性には見向きもしなかったのに。今の私は、この魅力的な男性の魔法にかけられてしまっている。

　フィンはどこまでも続く水平線を眺めながら考えにふけっていた。だが彼女が近づいてくる足音が聞こえたのか、あるいは気配を感じたのか、ゆっくり振り返った。キャサリンは急に動けなくなった。鋭いブルーの視線が、彼女をポンディキ島の教会を守っている石像に変えてしまったみたいに。

「やあ！」フィンが声をかけた。

「お、おはよう」キャサリンにしては珍しく口ごもってしまった。今日のフィンの声は、ゆうべよりさらにセクシーに聞こえる。それとも、ほかの男性に対して感覚が敏感になることがわかって、彼を見る目が変わったのかしら？

　フィンはキャサリンを見つめた。完璧（かんぺき）な美しさだ。彼女は美しい妖精（ようせい）で、現れたときと同じように突然、消えてしまうかもしれない。「こっちへおいでよ」フィンの声がかすれている。

歩くことをこんなに難しく思ったのは初めてだ。キャサリンは一歩一歩注意深く足を前に踏み出した。

フィンはじっと彼女を見つめた。いや、彼女は幻影ではない。あまりに生命力にあふれている。後ろにまとめられている髪はほとんど帽子に隠れているので、顔の造作の繊細さが強調され、大きなグリーンの瞳に警戒の色が浮かんでいるのが見えた。

水着は目の色より少し濃いエメラルドグリーン。それに包まれている体は、期待していた以上にすばらしい。豊かな胸はてのひらに包み込みたくなる。ヒップのラインは男性の愛撫を待ちきれないでいるようだ。

まるで性に目覚めた少年のように胸がどきどきしている。初めて女性を見るような視線でキャサリンを見ていることに気づいて、フィンは無理に笑顔を作り、近づいてくる彼女を待った。

「やあ」彼はもう一度言った。

なぜかキャサリンは恥ずかしくなった。でも、だれもいないビーチに彼と二人だけでいたら、どんな女性も恥ずかしくなってしまうんじゃないかしら。「おはよう」彼女は明るい笑みを浮かべてみせた。私は不器用な小娘ではなく、失恋から立ち直りかけている、洗練されたキャリアウーマンなのよ。機会を見つけたらすぐに、ポンディキ島最後の日をだれかと楽しく過ごしたいだけなのだと彼に言おう。

フィンがにっこり笑うと、グリーンの瞳に浮かぶ警戒の色がいくらか和らいだ。「よく眠れたかい？」

キャサリンは首を横に振った。「暑くてよく眠れなかったわ。エアコンをつけていても、ひと晩じゅうオーブンの中に置き忘れられたパン種になったみたいで！」

フィンは笑った。「君の部屋には旧式の大きな扇風機はついていないのかい？」

「ベッドの横に小型飛行機が着陸したかと思うような音を出す、あれのこと？」

「そう」何かしていないと、すぐにキャサリンのバストに視線が行ってしまう。気持ちの高まりが体の変化に出てしまったら大変だ。「これから何をしたい？」

彼の言葉がぼんやりと聞こえる。水着姿のフィンは、まるで雑誌から飛び出したモデルのようだ。広い肩、引き締まった腰、筋肉質の長い脚。彼みたいな男性が水着を着るのは禁止すべきだわ！　気をそらすためにキャサリンは笑顔で肩をすくめた。「何か提案はある？」

キャサリンの体から水着をはぎ取り、体を一つにしたい。そんな言葉をのみ込み、フィンは岩場のほうを手で示した。「キャンプの用意をしておいた」

「なんのキャンプ？」

「普通のキャンプさ。日よけと食料がある。見に行こう」

遠くにビーチパラソルと二脚のビーチチェア、クーラーボックスが見える。ビーチの端に続いている岩陰に作られたオアシスだ。灼熱の太陽から逃れてビーチパラソルの陰に入れば、心地よい涼しさが得られるだろう。「いいわ」

「ついておいで」声がかすれている。フィンは一瞬、女性を自分のねぐらに案内している原始人になったような気がした。

キャサリンはフィンと並んで歩いた。焼けた砂がサンダルから出たつま先に触れて熱い。リズミカルな波の音が心地よく聞こえ、かすかに松のにおいが漂っている。ポンディキ島は松に覆われた島だ。太陽の熱が容赦なく日よけ帽を突き抜けてくる。体じゅうの感覚が鋭くなっている事実を無視するために、彼女は前方のオアシスではなく、下を向いて歩いた。

「こんなものをどうやって用意したの？」

「自分で運んできたんだ」フィンはふざけて力こぶを作ってみせた。「大して力はいらないさ！」

けがをした友人を運んでいるフィンの姿がまた目に浮かんだ。白いシャツが血で赤く染まっている。キャサリンはごくりとつばをのみ込んだ。「とても……とても居心地がよさそうね」

「座って」フィンはビーチチェアの一つを手で示した。「朝食はすませた？」

キャサリンはクッションに体を沈めた。いつも朝食は食べないのに、今は食欲を覚えている。というより肉体的な欲望が強くなって理性を失っては困るので、食事をして気をまぎらわせることにした。

「まだよ」

「よかった。僕もまだなんだ」

フィンはクーラーボックスからパンとよく冷えたぶどう、それからぶどうの葉に包まれたチーズを取り出し、チェックの布の上に並べた。そしてアーミーナイフのようなものでそれぞれを切り分け、キャサリンに差し出した。

「さあ、食べて」フィンは批判的な目で彼女を見た。「君はもう少し食べないとだめだな」

キャサリンは上体を起こし、即席のチーズサンドイッチとぶどうを受け取った。心を惑わすブルーの瞳より、ワインレッドのぶどうを見ているほうがいい。「まるでやせてがりがりみたいに言うのね！」

彼女はまったく理想的だ。だが今はそれを彼女に告げる時でもないし場所でもない。

「最近はあまり食べてないんじゃないか？」

「ポンディキ島に来てからはよく食べてるわ」

「どれくらい――たぶん、二週間くらいだろう？」

キャサリンはうなずいた。

「でも、その前はあまり食べてなかった」

もちろん、食べてなかったわ。男性にふられて食事のできる女性がいると思ってるの？

「どうしてわかるの？」

これでキャサリンの顔をつぶさに見る口実ができた。「食事を抜いている女性は頬が少しこけている」

「休暇前のダイエットよ」

「そんな必要はないよ」静かに言って、サンドイッチを頬張ったフィンの目が光っている。

彼が食事をする様子はまるで芸術だ。こんなにセクシーにものを食べる男性は初めて見た。白い歯でぶどうをかみ、こぼれそうになる果汁を舌先でなめる――自分の想像が行き着く先を考えると、キャサリンは怖くなった。

ピーターとつき合っていたときは、彼以外の男性に興味はなかった。それはフィン・ディレイニのような男性がまわりにいなかったからかしら？

「とてもおいしいわ」キャサリンは小声で言った。

「ああ」フィンは笑みを浮かべ、ビーチチェアに横になった。日ざしが彼の肌に照りつけ、静寂の中で砂浜に打ち寄せる波の音だけが聞こえる。「帰りたくないだろう？」彼が沈黙を破った。

「休暇が終わるときは、みんなそうじゃない？」

「人それぞれだよ」

「もっといたい気持ちもあるけど」でも、それは臆病（おくびょう）になっているから――ロンドンに戻れば、むなしい生活が待っているから。早く帰れば帰るほど、新しい生活に早く慣れることはできるだろう。だが、今この瞬間こそ生きているという実感がある。シンプルで、自由で、今までになく生き生きとして。

フィンはわずかに頭を上げ、眉をひそめてキャサリンを見た。「何か帰りたくない理由でもあるのかい？ それとも、だれかに会うのがいやだとか？」

「どちらでもないわ」真実はもっと複雑だ。キャサリンは知らない人間に悩みを打ち明けるようなタイプではない。相手を信用しすぎて、あとで後悔する例を、仕事をしていてよく知っている。

それに、これからの自分の立場を今は考えたくなかった――都会に暮らす独身の女性として、また一からやり直さなくてはならないことを。ピーターが出張でしょっちゅう留守をしているときは、一人でもかまわなかった。スウェットスーツを着て、部屋でのんびりとポップコーンを食べながらテレビを見る生活でよかった。これからは一人の夜を楽しめなくなる。女友だちと出かけるのも難しく、夜になると置き去りにされたように感じるだろう。

「きっとこの島に恋してしまったんだわ」それは本当だ。ポンディキ島のように素朴で美しい島にいると、ほかの世界があることを忘れてしまう。

「そうだね」キャサリンが膝の上に落ちたパンくずを払っているのをいいことに、フィンは彼女を見たが、すぐに後悔した。手の動きにつれてバストが揺れ、フィンは体が熱くうずくのを感じた。「よくわかるよ」

キャサリンは口からぶどうの種を出し、白い砂の上に捨てた。「あなたも帰りたくないの?」

フィンはアイルランドでもう始まっている新しいプロジェクトに思いをはせた。多くのことに手を出しているから、スケジュールはびっしり詰まっている。最後に休暇を取ったのはいつだったろう? こんな何もない素朴な場所で、こんなに胸の鼓動を乱す美しい女性と一緒に過ごしたのはいつだったろうか? フィンはうつ伏せになった。体の変化をキャサリンに悟られていないといいが。

無造作に伸ばした彼女の脚が目の前にある。フィンは目を閉じた。見えなければ、うずきもおさまるかもしれない。「ああ、帰りたくないな」

フィンの声がいくらかくぐもって聞こえた。きっと眠たいのだろう。そう思ったキャサリンは、それ以上話しかけなかった。申し分のないこの状況には静寂が似合っている。

キャサリンは深いブルーの海と、その上に広がる淡いブルーの空を眺めた。この景色を覚えておこう。心に焼きつけておいて、天気の悪いイギリスで、お気に入りの写真を取り出すように思い出そう。

フィンの広い背中が上下するのがしだいに遅くなり、規則的になった。本当に眠ってしまったんだわ。

たくましい腕を枕にして眠っている姿はひどくセクシーだ。しわくちゃになった白いシーツの上に横たわるブロンズ色の体を想像して、かっと体が熱くなり、キャサリンは不意に立ち上がった。頭を冷やさなくちゃ！

海が彼女を招いている。キャサリンは日よけ帽を脱ぎ捨て、海に向かって走った。波打ち際に近づくと砂が湿っている。彼女はそのまま海に駆け込み、足が立たなくなるまで進んでから泳ぎ始めた。

海の水は温かく、少しもさっぱりしないものの、火照った体を洗う波はシルクのように心地いい。キャサリンは海岸線に沿って気分よく泳いでいたが、そろそろ戻ろうと思ったとき、片脚がこむら返りを起こし、驚きと痛みに思わず声をあげた。

泳ぎ続けようとしたが、脚が動かない。助けを呼ぼうと口を開けた拍子に、海水を飲んでむせた。

慌てちゃだめよ、と自分に言い聞かせても、体は言うことをきいてくれない。脚の硬直がひどくなるにつれて、塩水が口から入ってくる。キャサリンは理性を失い、両腕をばたばた動かした。

グリーンの瞳と黒い髪の人魚が住む、感覚の海を漂っていたフィンは、何かの音に夢を破られ、はっと目を開けた。キャサリンがいない。

本能的に危険を察してフィンは立ち上がり、海を見渡した。不自然に波立っているところがあり、人の手が見える。彼女は海にいる。

しかも、溺（おぼ）れかかっている！

フィンは全速力で走った。海に入ると力強いストロークで泳ぎ始め、見る見る二人の距離を縮めた。

「キャサリン！」フィンは叫んだ。「じっとしてるんだ――すぐに助けるから！」

その声はかろうじてキャサリンの耳に届いたが、いくら無意識に自分に言い聞かせても、体は言うことをきかない。だんだん体が沈んでいく……どんどん深く……塩水が口に入って苦しい。

「キャサリン！」フィンは沈みかけている彼女の腕をつかみ、自分の肩の上に担ぎ上げた。てのひらで強く背中をたたいて飲み込んだ海水を吐かせると、安心したキャサリンはすすり泣きながらフィンにしがみついた。「もう大丈夫だ」彼女の体をチェックしていたフィンの手が、硬直した脚に触れた。

「痛い！」

「岸まで泳いで戻るから、しっかり僕につかまってるんだよ」

「む、無理よ！」キャサリンは震える声で言った。

「黙って」フィンは彼女の体を仰向けにし、ウエストに腕をまわした。

どうやってビーチまで戻り、そのあとどうしたのか、キャサリンはほとんど記憶がない。覚えているのはフィンにそっと砂の上に横たえられたときからだ。恥ずかしいことに、彼女は残っていた海水を吐き出した。フィンが両手で脚を強くさすってくれたので、こむら返りはしだいにおさまってきた。

しばらくうとうとしたらしい。気がつくと砂の上でフィンの胸によりかかっていた。

「大丈夫かい？」

キャサリンはせきをしながらうなずいた。助けられたのは運がよかったのだと思うと、涙がこみ上げた。

彼女が肩を震わせるのをフィンは感じた。「泣かないで。君は助かったんだよ」

体が動かない。手足に鉛の重りがくくりつけられているようだ。「だって……あんなばかなことをしてしまって」キャサリンは喉を詰まらせた。

「ちょっと不注意だっただけさ。食べてすぐ泳ぐなんて。どうしてそんなことをしたんだい？」

キャサリンは目を閉じた。彼の裸を見ているうちに気持ちが高ぶり、頭を冷やしたかったからだとはとても言えない。彼女はただ首を横に振った。

「ビーチチェアまで運んであげようか?」

「あ、歩けるわ」

「無理だよ。さあ」フィンは立ち上がり、軽々と彼女を抱き上げた。

キャサリンは男性に抱きかかえられることを期待するようなタイプではない——実際、こんなたくましい男性に抱き上げられたこともない。私のまわりの男性は、そんなことをするのは性的差別だと考えているもの! 本当にそうかしら?

違うわ。絶対に。

キャサリンはどうしようもなく無力だった。そんな状態でも、男性に抱き上げられることはうれしく感じる。二人の肌が触れ合うたびに、その喜びはさらに広がっていく。まるで電流のように。

「フィン?」キャサリンは弱々しい声で言った。

フィンは彼女を見下ろした。大きなグリーンの瞳に溺れてしまいそうだ。溺れる。その言葉にフィンは思わずたじろいだ。彼女は溺れるところだった。そう思うと、体に鋭い痛みが走る。「なんだい?」彼女をビーチチェアにそっと寝かせながらきく。

キャサリンはやっとの思いで顔に張りついた髪をかき上げた。今、体に力が入らないのは、溺れかけたからではない。フィンのブルーの瞳に優しい光が宿ったからだ。

「ありがとう」命を助けてくれたことを考えると、こんな言葉では気持ちを言い表せない。

少し緊張のほぐれたフィンの唇に笑みが浮かんだ。

「もういいんだよ」彼は滑らかなアイルランドなまりで言った。そんな顔で見ないでくれ。弱々しさをたたえた大きな瞳。砂のついた肌。その砂のひと粒ひと粒を払ってやりたい。キスされるのを待っているようにかすかに開いた唇。「しばらく休んだほうがいい。そのあとでホテルまで送っていくよ」

キャサリンは奇妙な物足りなさを感じながらうなずいた。荷造りをし、心の準備をしなくては。冷静で恐れを知らないキャサリン・ウォーカーに――『ピザズ！』で長く仕事をしているキャリアウーマンに気持ちを切り替えなくてはならない。でも今は、命の恩人のハンサムな顔を見上げている弱々しいキャサリンでいたい。

ピーターは？　頭の中で問いかける声がした。ピーターをこんなに簡単に忘れて、よく知りもしない男性に夢中になってるの？　たまたま命を助けてくれた人の男らしい行動に心を奪われてるの？

下唇をなめると塩の味がした。「あなたはいろいろな人の命を助けてるのね、フィン・ディレイニ」

フィンは慎重な表情でキャサリンを見た。「どういう意味だい？」

キャサリンは彼の声が緊張しているのを感じ取った。「キリオス・コリトシスの息子さんの話を聞いたわ」

フィンの顔から表情が消えた。「僕の話をしたんだね？　だれと？」

「ニコに聞いただけよ——ウエイターの。たまたま彼が話してくれたの」

「よけいなことを——昔の話だ。もう忘れた」

でも、みんなは忘れていないわ。彼に二度と会わなくても、彼が命を助けてくれたことは一生忘れない——きっと会うことはなくても。お互いにただの行きずりの人にすぎないのだから。

フィンはホテルまで送ってくれた。足がまだふらついていたので、彼が腕を取って支えてくれるのがありがたかった。フィンが手を離すと、なぜか寂しさを感じた。

「何時に出発するんだい？」

「三時にタクシーを呼んであるの」

フィンはうなずいた。「それなら、早く荷造りしないと」

普段のキャサリンならきちんと荷造りをするのだが、今は何も考えず、無造作にリゾート用の服をスーツケースに詰め込んだ。心のどこかで痛みを感じていた。でも、それはピーターとは関係ない痛みだ。そんな移り気な自分がいやだった。

もちろん、普通の女性ならだれでも、フィンのような男性にあこがれるだろう。特にさっきのようなことがあれば、その気持ちが二倍にも三倍にもふくれ上がるのは当然だ。確かに彼は私の命を救うヒーロー役を演じたけれど、ヒーローはロマンス小説の中にしかいないのよ。もうこれでおしまい。

そう自分に言い聞かせたにもかかわらず、キャサリンはロビーにニコしかいないのを見てがっかりした。ニコは別れを言いに来てくれたのだろう。

正直に言えば、がっかりしたどころか、胸のつぶれるような思いで、キャサリンはあたりを見まわした。それでもだれかを捜しているような様子を察知されないように気を遣った。けれど、長身で肩幅の広いアイルランド人はどこにも見当たらない。

スーツケースはすでにおんぼろタクシーのトランクに積み込んである。キャサリンがしぶしぶ後部座席に乗り込んだとき、彼の姿が見えた。ブーゲンビリアのアーチをくぐって彼はやってきた。紫色の花を背景にした姿は息をのむほど魅力的だ。

フィンはタクシーに近寄り、笑みを浮かべた。

「間に合ったみたいだね?」

「ええ、なんとか」

「パスポートは持った? チケットは?」

彼以外のだれかに同じことを言われたら、キャサリンは顔をしかめ、一人旅には慣れているのでそんなことを確かめてもらう必要はないと言っていたに違いない。それなのに、なぜ心の奥でうれしく――彼に守られているみたいに感じているのだろう? 「ええ、持ったわ」

フィンは車のドアハンドルに手をかけた。「気をつけて帰るんだよ、キャサリン」

ちゃんと意味の通ったことが言えるだろうかといぶかりながら、彼女はうなずいた。

「ありがとう」

「さよなら」

キャサリンはまたうなずいた。フィンの言いたいことがそれだけなら、わざわざ見送りに来ることはなかったのに。キャサリンは努めて明るい口調で言った。「来週のフライトまで空港に足どめになるかもしれないわ——このタクシーが無事に空港まで走ってくれないと！」

車体に紐（ひも）でくくりつけてあるボンネットを見て、フィンはなるほどという顔をした。

「それについては結果待ちだね」

沈黙があった。フィンが何か言うだろうと思ったが、彼は黙っている。キャサリンは衝動的にバッグからカメラを取り出して構えた。「笑って」

フィンは鋭い視線でカメラをにらんだ。「僕はポーズを取ったりしないんだ」

そう、彼がそんなことをする男性とは思えない。命令されて笑うような男性ではない。

「じゃ、そのままにらんでて。そんな顔をしたあなたを思い出すから」

太陽が雲間から顔を出したように笑みがゆっくり広がる。キャサリンはシャッターを切った。

……。

「アルバムにはっておくわ」

いたずらっぽいグリーンの瞳を見て、フィンは緊張を解き、ジーンズの後ろポケットに手を伸ばした。これまで休暇中にロマンスが芽生えたことなど一度もないが、今回だけは……。

「これを……」フィンは上体をかがめ、窓から顔をのぞかせた。石鹸のにおいがする。黒い髪はまだ湿っていて、水滴が太陽の光にきらめいていた。

一瞬、フィンがキスをするのかとキャサリンは思った――そうしてほしいと願っていたのかもしれない。だが彼はクリーム色の名刺を差し出した。

「ダブリンに来ることがあったら連絡してくれ」フィンはそう言うと、馬のおしりをたたくように車のドアをたたいた。それを合図に、タクシーの運転手はエンジンをかけた。

「世界で一番美しい町だ」

車が土煙を上げて走りだす。キャサリンは落とすのを恐れるように、名刺を握り締めていた。思いきって後ろを振り返ってみると、もう彼の姿はなく、紫色の花のアーチが見えるだけだった。

3

「キャサリン、すてきじゃない！」

キャサリンは編集長室の戸口に立っていた。会社に出たくなかったが、休暇が終わって最初の出社日にはだれでもそう感じるのだと自分に言い聞かせた。「そう？」

編集長のミランダ・フォスは鋭い視線を彼女に向けた。「そうですとも！　きれいにブロンズ色に日焼けして――まだちょっとやせすぎだけど」ミランダは探るようにキャサリンを見た。「楽しい休暇だったみたいね？」

「とっても」

「ピーターのことは忘れた？」

休暇の途中でそう尋ねられていたら怒っていたかもしれないが、彼と別れたつらさは、以前に比べればかなり和らいでいる。少し罪の意識を感じるくらいに。その理由を知るのは簡単だ。人によって理由はさまざまだが、キャサリンの場合は一般にありがちな理由だったから。

キャサリンはごくりとつばをのみ込んだ。頭がおかしくなりかけているのかしら。ポンディキ島の小さなホテルを出てから、片時もフィン・ディレイニを忘れられずにいる。ほとんど知りもしない彼の夢を、これほど鮮明に、何度も見るのはどういうことだろう？　ただ一つ現実にあるものは、やましい秘密のように財布の奥にしまってある折れ曲がった彼の名刺だ。

「写真は撮ったの？」ミランダはデスクの向かい側の椅子に座るよう顎で示しながら尋ねた。

腰を下ろしたキャサリンはバッグの中から封筒を取り出した。休暇中の写真を同僚たちに見せるのが、雑誌社の習慣になっている。「少しだけど見る？」

「退屈な景色の写真ばかりじゃなければね！」ミランダは手渡された写真に目を通し始めた。「きれいなビーチ、きれいな夕日、レモンの木のアップ。これといって特別な写真はない……ちょっと待って」大きな眼鏡の奥の目が見開かれた。「ほら、これ！　これはいったいだれなの？」

キャサリンは見るまでもないと思いながら、デスクの上に目をやった。レンズに向かってはにかんでいるニコの写真にミランダが飛びつくはずがない。たくましい二の腕を見せてクルーザーの舵（かじ）を握っている彼の兄の写真でもないだろう。思ったとおり、フィン・ディレイニの乱れた黒髪と鋭いブルーの瞳が見えた。もっとも、正直に言えば、その写真は彼女の心に焼きついてしまっている。写真立てに入れて、ベッドサイドのテーブルに置いておきたいと思ったくらいだ。

「ああ、向こうでたまたま会った男性よ」

「たまたま会った男性ですって？　もし私がこの男性に会っていたら、ロンドンに戻ってきたりしないわ！　あなたがピーターを忘れて立ち直ったのも当然ね」

「まだ忘れてないわ！」キャサリンは言った。「その男性には向こうを発つ前の晩に会っただけよ」命の恩人で、ピーター以外の男性にも何かを感じることができると私に教えてくれた人だけど。

ミランダは写真に顔を近づけ、ゆっくりと言った。「どこかで見たことがある顔ね」

「まさか」

「この人の名前は？」

「フィン・ディレイニ」

「フィン・ディレイニ……フィン・ディレイニ」ミランダは眉を寄せた。「聞いたことあったかしら？」

「そんなこと私にわかるわけないでしょう。その人はアイルランド人よ」

ミランダはパソコンの画面に向かい、インターネットで検索した。「フィン・ディレイニ」顔にゆっくり笑みが広がる。「本当に彼のことを知らなかったの？」

「当たり前よ！　どうして？　何かわかったの？」

「これを見て」

キャサリンはデスクをまわり、ミランダの横に立った。不安な思いで、画面からにらみつけているフィンの顔を見る。強引に写されたらしく、被写体の男性はそれを愉快に思っていないようだ。そう言えば、キャサリンがカメラを向けたときもそうだった。

それは全身の四分の三を写したもので、フィンの髪はこの前より少し短めで、カジュアルな服ではなくグレーのビジネススーツに身を包んでいる。何かに気をとられているようで、眉をひそめて――海に張り出したデッキのテーブルでのんびりとウーゾを飲んでいたフィンとは大違いだ。

「ホームページもある？」キャサリンは驚きを隠せない声で尋ねた。そんな類(たぐい)の男性だとは思ってもいなかった。

ミランダは慌ただしくカーソルを動かしている。「ビジネス用のサイトがあったわ。これはフィン・ディレイニ・ファンクラブの」

「冗談でしょう！」

「本当よ。彼は最近、アイルランドの著名な独身男性の人気投票で第三位に選ばれたんですって」

彼が第三位だったら、一位と二位の男性はどれほど魅力的な男性なのかしら！　キャサリリンは画面に顔を近づけ、事業概要を読んだ。「いろいろな事業に手を出しているのね」

「これを見る限り、かなりね。最新の設備を備えた劇場もあるショッピングセンターを建設して、相当な利益を上げてるわ」

「本当?」キャサリンはまばたきした。フィンはそんな大規模なビジネスを展開している実業家のようには見えなかった。第一印象は漁師、次の印象はファッション雑誌のモデルだったのに。

「ええ。年は三十五歳で独身。地獄に落ちた天使みたいな顔をしてるわ」ミランダは顔を上げた。「なぜ今まで名前を聞いたことがなかったのかしら?」

「アイルランドがどんなところか知っているでしょう」キャサリンは笑みを浮かべた。

「王さまはいないけど、小さな王国みたいに閉ざされた国なのよ」

ミランダはキャサリンの話を聞いていないらしく、画面の文字を声に出して読んでいる。

「〝フィン・ディレイニの鋭敏な頭脳と行動力を考えると、いずれ政界に打って出ると予想される〟ですって!」ミランダは興奮した表情で続けた。「また彼に会うの、キャサリン?」

「そのつもりは……ないわ」ダブリンに来たら連絡してくれと彼は言ったけれど――それは気まぐれで言っただけ。それにファンクラブがあるくらいなのだから、彼に会うためには長い列の最後に並ばなくちゃならないわ!

「彼にデートに誘われたの？」

キャサリンは首を横に振った。「名刺をくれて、ダブリンに来ることがあったら連絡してくれって言われたけど、でも……」

「でも？」

「連絡しないと思うわ」

眼鏡の奥から、ミランダは鋭い視線でキャサリンを見つめている。「どうして？」

「理由は数えきれないほどあるけど、一番大きな理由は、ピーターと別れてからまだあまり時間がたっていないということよ。ふられたのは私のほうだから、三年続いた気持ちの整理をするには時間がかかるわ」キャサリンは肩をすくめた。黒い髪とブルーの瞳のたくましい男性の面影を振り払うように。代わりにピーターの姿を思い浮かべようとしたが無駄だった。「まともな神経の人間は次から次へと恋人を替えられないものでしょう」

「彼の恋人になれなんて言ってないわ！」ミランダが言った。「ただのお友だちでいいじゃない？」

フィン・ディレイニを見て、ただの友だちになりたいと思う女性なんていないと言えば、自分の気持ちをさらけ出すことになる。だめよ、そんなことをしたらフィンとの情熱的な夜まで想像してしまう。「ただの友だちになるためにわざわざダブリンまで行くつもりはないわ」

「でも、この人は将来、アイルランド首相になるかもしれない人よ！」ミランダは珍しく興奮して言った。「考えてみてよ、キャサリン！　彼を追うべきだわ。あなたは魅力的な女性だし、彼は名刺をくれた――あなたに会ったら、きっと喜ぶわ」

キャサリンは疑わしそうな目をした。「男女の仲を取り持とうなんて、あなたらしくないわね、ミランダ――独身女性はもっと仕事に情熱を注ぐべきだというのがあなたの持論なのに。どうしてそんなに熱心に、私をフィンと会わせようとするの？」

「私はうちの雑誌の読者のことを考えて……」

なるほど、そういうことね。「だったら、そんな考えは捨てることね。たとえ私が彼に電話をするつもりがあっても、それについて記事を書くつもりはまったくないから。そんな期待は絶対にしないで」

ミランダはにっこり笑ってみせた。「そんなに深刻に考えないで、キャサリン。ただ行けばいいのよ。ちょっと気分転換に」

「私は休暇から戻ったばかりなのよ！」

「ダブリンの特集を組むのよ――ちょうど今、世界じゅうがダブリンに興味を抱いてるわ。独身女性のためのガイドブック！　どう？　あなたをその特集の担当者に任命するわ。それで向こうにいる間にフィン・ディレイニに連絡したければすればいい――そうすれば、なおいいわ」

「彼の記事は書かないわよ」そう言いながらも、彼にまた会えると思っただけで心臓の鼓動が速くなる。

「書きたくないなら、彼の記事を書けとは言わないわ。いろいろな店やレストランやナイトクラブ、そしてどんな人がどこに行けばいいかを読者に教えてあげればいいだけ。それだけよ」

それだけよ。飛行機がダブリンの空港に着陸したとき、キャサリンはそう自分に言い聞かせた。

それだけなのよ。マコーマックホテルにチェックインするときもそう言い聞かせていた。それだけなんだから。ホテルの部屋で受話器を取り上げたとき、またそう言い聞かせてすぐに受話器を戻した。

いつもは大胆なキャサリンが、その動作を三度繰り返したあと、ようやくフィン・ディレイニの電話番号を震える指で押し終えた。

最初に交換台が出た。

「ミスター・フィン・ディレイニをお願いします」

「少しお待ちください」軽いダブリンなまりのある交換台の女性が答えた。リズミカルで感じのいい声だ。「秘書におつなぎします」

かちかちという音が何度かして電話がつながった。今度電話に出た女性の口調は感じがいいというより、きびきびとしていた。

「フィン・ディレイニのオフィスです」

「もしもし、彼がいらしたら話したいのですが。キャサリン・ウォーカーといいます」

一瞬、沈黙があった。「どんなご用件でしょうか、ミス・ウォーカー？」

礼儀知らずのように思われたくないが、いきなりこんな言い方をしたら、そう思われても仕方がないのかもしれない。「フィンに——ミスター・ディレイニにこの前、休暇中にお会いしたんです。ダブリンに来ることがあったら連絡するようにと言われたものですから……」キャサリンはつばをのみ込んだ。自分の言葉が見え透いた口実に聞こえる。「たまたまダブリンに来たので、お電話しました」

再び沈黙。きっと断られるんだわ、とキャサリンは思った。いいえ、それは勘ぐりすぎかも……。

「わかりました」きびきびした返事が戻ってきた。「このままお待ちください。今日はスケジュールが詰まっていますので、ミスター・ディレイニがお電話に出られるかどうかわかりませんが」

大物実業家のフィンが私と話す時間などないと、秘書は遠まわしに言っているのかしら？ ミランダに彼の写真を見せなければよかった。それより、ダブリンでの取材を引き受けなければよかったのよ。そう思いながら、キャサリンは受話器を耳に押しつけて待った。

かちっという音がした。

「キャサリンかい？」

忘れようとしても忘れられない、リズミカルで滑らかな声。「こんにちは、フィン。私よ——覚えてる？」

もちろん覚えていた。キャサリンを思い出し、眠れない夜を過ごしたことが何度もあった。ときには朝まで眠れないことも。そして、もうキャサリンからの連絡はないと思い、すでに気持ちを切り替えていた。正直に言えば、そんな気持ちの切り替えなどしたくなかったのだが。一つの取引を終えると、また次の仕事が待っているし、今も途方もなく大きなプロジェクトを抱えている。フィンは自分の人生をいくつかの分野に分けて考えていて、キャサリン・ウォーカーが属するのは、ちょっとした楽しい思い出の分野だ。今は女性のために仕事に支障を来したくない。

「もちろん、覚えてるよ」フィンは慎重に答えた。「驚いたな」

驚くほど愚かなことをしているわよね。キャサリンは自己嫌悪を感じた。「ダブリンに来ることがあったら連絡してくれとあなたに言われたから……」

「今、ダブリンにいるのかい？」

「そうよ」

フィンは椅子の背によりかかった。「いつまでいるんだい？」

「今週末だけ。私……急に思い立って、安いチケットで来てしまったの」

まったくばかげているとわかっているが、フィンは体の反応を抑えられなかった。キャサリンの歯切れのいい声を聞いただけで、この胸にもたれかかっていたやわらかな曲線を描く彼女の体を思い出し、フィンの体は熱く反応してしまうのだ。

「それで、ガイドが必要なんだね？」

「町を歩きまわるのは一人で大丈夫よ」キャサリンは答えた。「あなたはとても忙しいって、秘書の女性から聞いたわ」

フィンは目の前にある、予定のびっしり詰まったスケジュール表に目を落とした。「そうなんだ」残念な気持ちと安堵の気持ちが入りまじっている。すべてを投げ出して駆けつけてほしいと彼女が思っていなくてよかった。「夜は大丈夫だ。今晩、ディナーでもどうだい？　君は忙しい？」

一瞬分別が働いて、予定があるのと答えようかと思った。せっかくだけど、とても忙しいの、と。彼に会う必要はないし、どうしようもないほど魅力的な彼の前に身をさらす必要もない。実際、このままロンドンに戻って、ミランダに頼まれた記事を書くことだってできるんだし……。

「ディナーの約束はないわ」勝手に口が動いた。

フィンはため息を抑えた。ポンディキ島でのキャサリンはよそよそしい感じがした。それが、自分の言いなりになる女性に飽き飽きしていたフィンの好奇心を刺激した。女性に断られることのないフィンには新鮮に感じられたのだ。それなのに今の彼女はほかの女性と同じように、彼と親しくなりたがっている。

だが彼女の大きなグリーンの瞳と、自分と同じ黒い髪を思うと、フィンのため息は笑みに変わった。

「どこに泊まっているんだい?」

「マコーマックホテルよ」

「七時ごろ迎えに行くよ」

君はそれでいい? フィンがそう尋ねるのをキャサリンは待ったが、彼は短く〝それじゃ〟と言って電話を切ってしまった。

キャサリンはゆっくり受話器を置いた。彼は前と違った感じがした。もっとも、違うのは当然だわ。休暇中はだれだってリラックスしているのだから。けだるげな笑みを浮かべたセクシーな瞳の漁師は、あの一日だけの幻想だったのかしら?

私の心の平和のためにも、そうであってほしい。

午前中は下調べをし、ランチは雑誌の読者に推薦すべきレストランで食べた。午後は町に出て、グラフトンストリートにあるおしゃれな店を見て歩き、リフィー川を眺め、アイルランドの美しい首都の雰囲気をつかんだところで、原稿を書くためにホテルに戻った。

支度に時間がかかるから急がなくては。キャサリンは香りのいい泡で満たしたバスタブからしぶしぶ出ると、いつもより念入りに身支度にかかった。

上品だけれどセクシーに、カジュアルだけれどしゃれた感じに見えるように。少しも気負った様子はないのに、うちの雑誌に登場するモデルのように装いたい。それは欲張りというものよ！　キャサリンは自分に言い聞かせた。

結局、オフホワイトの麻のロングドレスを選んだ。シンプルだけれどカットが美しく、控えめだけれどファッショナブルで、まったく思わせぶりな感じはしない。翡翠(ひすい)の長いイヤリングを目立たせるために髪をアップにすると、キャサリンは七時ちょうどに胸をときめかせながらロビーに下りていった。

フィンの姿はなかった。

胸のときめきが失望に変わり、悲観的な考えが胸をよぎる。

すっぽかされたのかしら？

性急すぎたのがいけなかったのよ！

キャサリンは大理石のロビーを横切り、水槽をのぞいた。照明のついた水槽の中を鮮やかなストライプの熱帯魚がゆっくり泳いでいる。とうもろこし畑を渡る風のようにゆったりした尾びれの動き。魚だったら、どんなに単純に生きられるか……。

「キャサリン?」

アイルランドなまりの深みのある声に物思いを破られ、はっとして彼女は振り返った。フィン・ディレイニが立っている――この前と同じようでいて、違って見える。どうしようもなくハンサムで、またどうしようもなく別人のように見える。現実を直視しなくては、とキャサリンは自分に言い聞かせた。これが本当のフィンなのよ。

フィンはサイトで見たスーツより少し濃い紺のスーツに身を包み、ブルーの瞳がさらに強調されて見える。エーゲ海のように鮮やかなブルーのネクタイは乱暴にゆるめでもしたのか、わずかに曲がっているが、それを除けば、彼の身なりは完璧だ。

髪もカットされている。短くはないが、乱れがちな黒髪がきちんと整えられていた。

色あせたジーンズとコットンシャツに身を包んだ漁師のイメージはない。気さくな笑顔もない。セクシーな唇に浮かんだかすかな笑みは、彼女を歓迎しているようにも、警戒しているようにも見える。

「やあ、こんばんは」フィンが小声で言った。

魔法が使えたら、この場から自分を消してしまえるのに。どんなつもりでここまで来てしまったの? フィンに電話をするため? 私に名刺を渡したことを明らかに後悔しているフィンと、なんとかして会うため？

「こんばんは」とろけるようなアイルランドなまりに影響されないよう、キャサリンは慎重に答えた。

彼女の声に非難の響きがあるように感じたフィンは、小さく肩をすくめた。「遅くなってすまなかった。週末を前にして金曜日の午後は予定がぎっしりなんだ。それに道路が信じられないくらい込んでいて」

まるで浮気をしてきた夫みたいに陳腐な言い訳をしてるわ！「私の携帯の番号を教えておけばよかったわね。そうしたら私との約束を断れたのに。もちろん、今でも断れるわよ」

フィンの肩から力が抜けた。キャサリンから断ってもいいと言われたからではない。目の前に、この前とは違うキャサリンを見たからだ。フィンは彼女に連絡してと言ったことをさっきまで後悔していた。彼女が電話をしてくるとは思っていなかったからだ。しかも、こんなに早く。

だが、キャサリンと再会して、あのときの胸の高鳴りを思い出した。彼女のバストやヒップを輪郭もあらわに覆っていたエメラルドグリーンの水着。ぴったりと触れ合った彼女の震える冷たい肌。卵形の顔にはりついていた黒い髪。

だが、高級ホテルの広いロビーで見る今夜のキャサリンはまったく違っている。冷静で、手の届かない女性のようだ――そのせいで、よけいに手を触れたくなってしまう。

　髪がすっきりとまとめてあるので、顔立ちが際立って見える。小さく真っすぐな鼻。つややかなハート形の唇がフィンを刺激する。高い頬骨が日焼けした頬にかすかな陰影を与えている。そして底知れない海のような大きなグリーンの瞳。

「なんだって？　はるばるやってきた君を追い返すだって？」フィンはからかうように言った。

「ロンドンから来たのよ。地球の裏側から来たわけじゃないわ」

「そうかい？」フィンは笑みを浮かべた。「地理の勉強をさせてくれてありがとう」

　フィンの声は低く、人を惑わすほど魅力的だ。お金に困っているのだったら、ナレーターになれば簡単に成功するだろう。だがサイトの情報では、彼は経済的な不自由とはまったく無縁だ。

　キャサリンもしぶしぶ笑みを浮かべた。「どういたしまして」

　フィンのブルーの瞳が輝きを増した。「つまり、君はフィン・ディレイニにダブリンの美しい町を案内してほしくないってことかな？」

　違うわ。キャサリンはダブリンに来たことを後悔し始めていたのだ。だが何が彼女をここまで来させたのか、はっきりわかった。だれがというほうが正しい。ダブリンの豪華なホテルのロビーで見るフィン・ディレイニは、溺れるキャサリンを助けてくれたときとまったく同じように魅力的だ。ギリシアの太陽に焼かれたビーチで、キャサリンがほとんど裸の彼の体にしがみついたときと同じように。

キャサリンはごくりとつばをのんだ。「ディナーを食べるんじゃなかった？　観光の話をするんじゃなくて」

「そうだ」フィンが答える。「おなかはすいてるかい？」

「ぺこぺこよ」おなかはまったくすいていない。だが、少なくともディナーに行けば、気がまぎれるだろう。ナプキンの位置を直したりワインを飲んだりすれば。そしてレストランの騒々しさがフィンの強烈な存在感を和らげてくれるかもしれない。そうすれば夜はあっという間に終わり、彼のことをすべて忘れられる。

「じゃ、行こう」

「フィン……」

キャサリンのためらいを感じてフィンは足をとめた。「なんだい？」

「ディナーは私にごちそうさせて」

フィンは疑わしげな目をした。「どうして？」

キャサリンはぎこちなく肩をすくめた。大げさではない方法で彼に借りを返したい。そしてそうすることで、ダブリンにやってきた事実を正当化したいのだ。「あなたには借りがあるわ。あなたは私の命の恩人……」

「だめだ！」

フィンはひと言でキャサリンを黙らせた。この男性に逆らったらどうなるか、彼女は一瞬にして悟った。

「ディナーは僕がごちそうする」フィンはきっぱりした口調で言った。「僕が誘ったんだし、ここは僕の町だ」フィンはじっと彼女を見つめた。「それに、キャサリン、あれは大したことじゃない。こむら返りを起こした君を海から引き揚げただけの話だ。もうそのことは忘れるんだ、いいね？」

控えめなヒーローほど魅力的な男性はいない。深みのある声の奥に何か強い決意を感じ、キャサリンにしては珍しく、おとなしくうなずいた。「わかったわ」

フィンは安心したように笑みを浮かべ、彼女の足元に視線を落とした。ヒールのない靴だ。「歩きやすそうな靴をはいているね」

そう言われて、キャサリンはやぼったい格好をしているような気持ちにさせられた。

「レストランまで歩かなくてはいけないときは、ヒールの高い靴ははかないことにしてるの」

「それは都合がいい。歩いていくつもりだから」キャサリンがセクシーなハイヒールをはいていたら、彼の血圧は天井を突き破っているかもしれない。「さあ、行こう」

二人はホテルの外に出た。暖かい夏の夕暮れの町は、たぶん、同じ目的を持った人々であふれている。

「どこか予約してあるの？」

予約する必要はないと言ったら、傲慢に聞こえるだろうか？　「心配ないよ。予約してあるから」

彼はセント・ステファンズ・グリーンにキャサリンを連れていった。そこはこれまで見たこともないくらい美しい公園で、その先にひっそりと小さなレストランが立っていた。窓から中が見えないことやメニューがないことを考えると、かなり高級な店だろう。

レストランの従業員はみなフィンと親しく、放蕩息子を迎えるように彼に挨拶した。

「ここは初めてかい？　アイルランドというかダブリンは？」窓際のテーブルに案内されたので、道行く人々を観察することができる。いつもならキャサリンは人を観察するのが好きだ。いつもなら。だが今はいつもの好奇心は姿を消し、一人の人間だけに関心が集中している。

そうならないようにしなくては。キャサリンはナプキンを膝に広げた。「ええ、初めてよ」フィンは私が彼に会うためにやってきたと思っているのかしら？　何か説明が必要な気がする。キャサリンは肩をすくめた。「世界で一番美しい町だってあなたが言ったでしょう。それを自分の目で確かめようと思ったの」

フィンは低い声で笑った。「僕の言葉を信じてくれてうれしいね」黒い眉を上げ、からかうような笑みをブルーの瞳に浮かべて続けた。「それで、君の結論は?」

「まだ充分見てないわ」キャサリンは即座に答えた。

「そうか」フィンの視線が彼女の胸元に注がれる。「それなら、どうすればいいか考えてみよう」

4

そんなわけで翌日の朝、キャサリンはフィンのスポーツカーの助手席に座ることになった。直接風が当たるので、彼女の頬はばら色に染まり、頭上には大空が青い天井のように広がっている。

「髪をしっかり束ねておくのを忘れないようにね」前日の夜、ホテルまで送ってきたフィンが言った。

それでキャサリンは髪を後ろでまとめてリボンを結んできたのだが、そうしてきてよかった。オープンカーなので、まとめておかなかったら髪は手のつけようがないほど絡まっていたに違いない。

「どこに行くの？」助手席に乗り込みながらキャサリンは尋ねた。

フィンはエンジンをかけ、にっこり笑った。なんてすてきなんだ——黒い髪につややかな琥珀(こはく)色のリボンが映えている。大人の女性で、リボンを髪に結んでいる女性を見たのは初めてに近い。純真さとセクシーさが一体となって不思議な魅力になっている。「グレンダーロッホへ行くんだよ。名前を聞いたことがあるかい?」

キャサリンは首を横に振った。フィンは音楽のようにリズミカルに地名を言った。

「じゃ、観光案内をしてあげよう。ダブリンから一時間くらいのところにあって、十六世紀のキリスト教聖地の一つで、古い修道院が残っていることで有名なんだ。グレンダーロッホというのは、二つの湖に挟まれたロマンチックな谷という意味だよ」

ロマンチック。

これだって充分にロマンチックじゃないかしら。キャサリンはルームミラーを見ているフィンの横顔にちらりと目を向けながら思った。

ゆうべのディナーは言葉で表現できないほど楽しかった。もっとも、それは驚くべきことではないだろう。フィン・ディレイニは人を笑わせるような話をしたり、挑発的なことを言ったり、ときには議論を吹っかけたり、からかったりした。フィンに自分の生活や恋愛や仕事について尋ねられるのではないかとキャサリンは思っていたが、その予想は大きく外れた。彼は個人的な話より、一般的な話題に興味があるようだった。

それで助かったといえるかもしれない。彼女がジャーナリストだとわかったら、彼はこんなに親切にもてなしてはくれないだろう。ジャーナリストに対して先入観を抱いている人は多い――たいていは悪い先入観を。それが理由でキャサリンは、自分がそんな人種の一人だと明かすのを避けている。少なくとも、相手と親しくなるまでは。

まるで大学の優秀な個人指導教官と食事をしているような感じだった。ただ、フィン・ディレイニのように魅力的な指導教官がいるとは思えないけれど。彼の話は政治や宗教にも及んだ。

「両方ともタブーよ」キャサリンは笑みを浮かべて言ったが、そう言わずにはいられなかった。

「だれが言ったんだい？」

「どの礼儀作法の本にもそう書いてあるわ」

「礼儀なんてかまうものか」フィンは光をたたえたブルーの瞳でキャサリンを見つめた。

その時点でキャサリンの彼に対する欲望はかなり高まり、不安と罪の意識で喉が苦しくなってきた。

キャサリンをこんな気持ちにしているのは、フィン自身のせいだけではないはずだ。ハンサムで魅力的で仕事に成功した男性にはこれまで大勢会ったことがある。けれど、こんなに心を揺さぶられたのは初めてだった。

ピーターを忘れてしまったの？　嘲るような声が頭の中で響いた。そう、ピーター。あなたがこれからの人生をともに生きるはずだった男性よ。

彼と別れて気持ちが弱くなっているから、普段より敏感になっているのかしら？　キャサリンは居心地悪そうに椅子の上で身じろぎした。そんな様子にフィンは気づいていないようだ。

よかった。

フィンは目を輝かせて、とろけるようなチョコレートケーキを見ていた。

「チョコレートケーキは健康によくないなんて思ってないだろうね？」フィンはため息をついた。

「思ってるわ。食べすぎたら絶対によくないわよ」キャサリンは引き締まったフィンの腹部から目をそらした。

フィンがとろけるチョコレートを口に運ぶ。そのしぐさがセクシーで、キャサリンは胃が締めつけられるのを感じた。

「何事もほどほどにってことだね？」口調は穏やかだが、ブルーの瞳がいたずらっぽく光っている。

「そんなことは言ってないわ」キャサリンは鋭い口調で言い返したものの、夏の果実を詰めたサマープディングにほとんど手をつけていなかった。

露骨にセクシーな表現をして、女性に嫌われる男性もいる。だが、フィンの言葉は思わせぶりに聞こえながら、実はまったく他意はない。ほどほどにですって？　ベッドでのフィンがほどほどで終わるなんて、とても信じられない。

ピーターがずいぶん遠のいたように感じられる。世界がただこの場所だけに凝縮されたみたいに。どんなにおいしい料理も、彼と一緒にいるとおいしいと感じる余裕がまったくなくて……。

グレンダーロッホに向かう道路沿いには、キャサリンが見たこともないほど美しい景色が広がっていた。

「本当にすばらしい景色ね」キャサリンはため息をついた。

フィンは非難がましい視線でちらりと彼女を見た。「驚いてるみたいだけど、アイルランドは世界で一番美しい景色が残されている国なんだよ。知らなかったのかい、キャサリン？」

「景色だけでなく、アイルランドの男性もね。「勉強になったわ」キャサリンは明るい口調で言った。

そう、僕もいろいろと教えるのは楽しいよ。そう思うと激しい欲望が体を貫き、フィンは思わずアクセルを踏み込んだ。

キャサリンにはなぜか興味をそそられる。もう前世と思われるほど昔につき合ったことのある女性に似ているというだけの理由ではない。冷静で何事にも動じない彼女の態度に惹かれているのだろうか？　それとも女性には珍しく、僕の言葉に気のきいた反論をしてくるから？　それなら彼女は僕がだれなのか知らないということになる。この国では僕を知らない者はいない。そして、それだけで僕を恐れている女性が多い――知的な女性ですらも。

「君はイギリス人かい？」グレンダーロッホに着き、車をとめると、フィンが唐突に尋ねた。

キャサリンは彼のほうを振り向いた。「何を言うのかと思ったら！　イギリス人だってことは知ってるでしょう」

「真っ黒な髪、グリーンの瞳、日に焼けた肌——典型的なイギリス人の特徴じゃないだろう？」

キャサリンはフィンに表情を見られないよう、バッグに手を伸ばした。次は両親について尋ね始めるだろう。それには耐えられない。もちろん、両親のことを恥じているからではない。ただ、キャサリンが父親の顔を知らないと言ったとたん、相手の態度は変わり、同情したり、恐ろしいものを見るような目で見たりする。そんな環境で育ったせいで、彼女が傷ついていているに違いないというように。

「私は混血なのよ」なにげない口調でキャサリンは言った。「混血には面白い特徴が出るものなの」彼女はフィンを見た。「あなたはどうなの？」

「アイルランド人だ。まったく純粋の」

フィンの目を見て、キャサリンはかすかなめまいを覚えた。喉がからからに乾いて、うまく声が出ない。「それで、ガイドつきの観光ツアーはいつから始まるのかしら？」

「今からだよ」フィンは助手席のドアを開け、手を貸してキャサリンを降ろした。彼女のあらわな腕にちょっと触れただけで、全身に震えが走り、本能的にセクシーな場面を想像してしまう。彼女も本能の赴くままに歓(よろこ)びを感じ、そして相手にも同じように歓びを与える女性だろうか？

山々を背景に、十字と交差する輪のついたケルト十字架や墓石が並んでいる。キャサリンは墓石に刻まれた文字にじっと見入った。

「墓は嫌いかい？」フィンが尋ねた。

「好きな人がいるかしら？」だがフィンはまだ問いかけるような視線を向けている。少し変に聞こえるかもしれないが、キャサリンは本当の気持ちを言葉にした。「お墓を見ていると、人生がいかに短いか思い知らされるでしょう」

「そう、人生はとても短い」人生があと十分で終わるとしたら、その間に何をしたい？フィンはキャサリンのふっくらとした唇を見つめた。この唇の震えを、自分の唇に感じてみたい。「少し歩こう」彼は唐突に言った。

しばらく歩くと、キャサリンは脚が痛くなった。都会に暮らしていると筋肉が弱くなってしまうのかしら。ジムに通っていても本当の運動にはなっていないということね！

「ちょっと休憩しない？」キャサリンは息を切らして言った。

「いいよ」

大きな黒い石に並んで座って休憩したあと、フィンはキャサリンをグレーの石造りの質素な建物に案内した。中には食堂のテーブルが並んでいて、大勢の学生たちがお茶を飲んだり、バターを塗った大きなフルーツケーキのようなものを食べている。こんな場所だとはキャサリンは想像していなかった。

「チャンプを食べたことはあるかい？」椅子に座ると、フィンが尋ねた。

キャサリンは首を横に振った。「なんなの、そのチャンプって？」

「ポテトだよ」

「ただのポテト？」キャサリンは頭をのけぞらせて笑った。億万長者とそんなものを食べるなんて！「ポテトを食べさせてくれるの？」

フィンはゆっくりと笑みを浮かべた。「マッシュポテトにみじん切りの春たまねぎをまぜて丸めたものを焼いてある。中に入っている大きなバターの塊がとろけて出てくるんだ。食べてみるかい？」

それはまさに体に優しい食べ物だった。温かくて舌ざわりがよく、滑らかなマッシュポテトに金色のバターがたっぷりしみ込んでいる。

「おいしいわ」フォークですくいながらキャサリンは言った。

「そうだろう？」二人の視線が絡み合う。「なんということもない食材だが、ポテトがなかったらアイルランド人は生きていけない」

「本当にそうね」こうしてフィンと一緒にいると、人生が本当にシンプルに思えてくる。今はロンドンでのストレスの多い生活が、うろ覚えの夢のようだ。永遠にこの状況が続きそうで、自分がこの世の中に存在しているのかいないのか、わからなくなってしまう。

フィンも永遠にそこにいるような気がする。彼はキャサリンが考えまいとしていることを考えて体を緊張させ、ブルーの瞳でじっと彼女を見つめている。二人の唇は会話としての言葉を発しているが、二人の間には言葉にならない不思議な感覚が存在しているようだ。

キャサリンがコールタールのように濃い紅茶を飲み終えると、フィンがテーブルに身を乗り出した。高価なアフターシェーブローションではなく、石鹸の香りが漂ってきた。

「ウィックロー湾を見たいかい？」

フィンが虹の先端を見せてあげると言っても、キャサリンはその場でうなずいただろう。

「ええ、見たいわ」

すべての歌に歌われているように緑に彩られた田園風景の中を走り、すばらしい眺めの海を見渡せる場所に着くと、フィンは車をとめてエンジンを切った。「外に出よう。ここからではよく見えない」

しばらく二人は黙ったまま、砂浜に打ち寄せる波の音に耳を傾けていた。

「どうだい？」フィンがささやいた。

クラーケンウェルの自分の部屋からも海が見えるけれど、ここと比べたらまったく色あせて見える。「びっくりするくらいすばらしいわ！」

「でもギリシアの海ほどではない？」

キャサリンは首を横に振った。「とんでもない。同じくらい美しいけど、ここのほうが野性的で、より自然な感じがするわ」あなたみたいに。キャサリンはちらりとフィンを盗み見た。

フィンは船首を飾る彫像のようにじっと立ったまま、風に黒い髪をなびかせて海を見つめている。キャサリンのほうを向いたフィンは、心からうれしそうな彼女の瞳を見て息をのんだ。

「ところで君は冒険心があるかい、キャサリン？」

「どうしてそんなことをきくの？」

「休暇から帰ってから海には行ってないだろう？」

「行ってないわ。ロンドンには海がたくさんあるわけじゃないもの」

「馬に振り落とされたら、すぐ馬に乗れっていうだろう？」

「何を言いたいの、フィン？」

「砂の上で爪先に波を感じてみないか？」フィンは軽快な口調で言った。「靴を脱いで、はだしになって波打ち際を歩くんだ」

フィンの言葉はセクシーに響いた。信じられないくらい今のキャサリンの気持ちを言い当てている。波打ち際。彼女の気持ちも何かの際をさまよっている。

「それを冒険っていうの？」キャサリンはからかうふりをして、不意に感じた動揺を隠した。「あなたの生活って、よっぽど退屈なのね！」彼女はサンダルを脱ぎ捨てて片手に持ち、挑戦するような目でフィンを見た。「さあ、行きましょう。何をぐずぐずしてるの？」

体のうずきがおさまるのを待ってぐずぐずしていたフィンは、苦笑しながら上体をかがめてジーンズの裾をまくった。自分が本当は何を考えているか言葉にしたら、彼女はどう反応するだろう？　ドレスも下着も脱いで裸で海に入り、冷たい海の中で愛を交わしたいのだと言ったら？　そう、それこそ冒険じゃないか！

ぎょっとしてフィンは我に返った。よく知りもしない女性とそんなことをするなんて！

フィンの前をキャサリンが走っていく。この熱い緊張を和らげるには、冷たい海が助けになるだろう。

「冷たい！」彼女が悲鳴をあげた。足元に打ち寄せる波が足をすくおうとする。「やっぱりやめるわ！」

「臆病者はだれだい？」フィンは手を差し伸べた。「さあ、つかまって」

突然弱気になったキャサリンは、たのもしく温かい手に子供のようにしがみついた。ただ、子供はこんなふうに胸がどきどきしたり、口の中が乾いたり、どうしようもなく体が敏感になったりはしないだろう。

「臆病風はおさまったかい？」もとの場所に引き返しながらフィンが尋ねた。

「ええ」キャサリンは答えた。風にさらわれるように、完全に心をさらわれてしまった。

二人はまだ手をつないでいる。他人の目には、二人はベッドに入る前の時間を楽しんでいる恋人同士に映るだろう、とフィンは思った。

彼は少しキャサリンに体を寄せ、風にかき消されないように耳元でささやいた。まるでその問いに対する彼女の答えに、自分のすべてがかかっているように。「僕がどんなところに住んでいるか見たくないかい、キャサリン？」

彼女は驚いて顔を上げた。「えっ、今から？」

フィンはこんなことを言うつもりはなかった。これまでそう親しくない人間に自分の家を見せたことはない。野獣が自分のねぐらを秘密にしているように。実際、グレンダーロッホを案内するだけのつもりだったのに、キャサリンの何かに心を奪われてしまったのだ。

「そうだよ」フィンは彼女の素足や鳥肌の立った腕を見て、身震いしそうになった。体がまた熱くうずき始めている。「寒いんだろう？　体を温めたほうがいいし」

言葉そのものは僕の家に絵でも見に来ないかという程度の意味だが、アイルランドなまりの低い声で誘われると、今までに経験したことのないすばらしい気分になる。

確かにフィンの言うとおり、キャサリンは寒かった。けれど期待と興奮がゆっくりと体の奥でわき立ってきている。神経が敏感になり、燃え上がりそうだ。

いつものキャサリン・ウォーカーらしくない――でも、だからどうだっていうの？　だって、彼の家を見たいと思うのは純粋に好奇心からでしょう？　キャサリンはそう自分を納得させながら答えていた。「ええ、見たいわ、フィン、とっても」

5

「ここがあなたの住んでいるところなのね？」キャサリンはわかりきったことをきいていた。急に不安な気持ちになったのが声に表れてしまったかしら？

初めて訪れたこのフラットで、ブルーの瞳のアイルランド男性と何をしようとしているの？　ここを誘惑の舞台にでもするつもり？　フィンが私を抱き寄せてキスするのを待っているの？　彼のキスは、私がいつも想像しているようにすばらしいキスかどうか確かめるために？

それを望んでるんでしょう？　キャサリンの頭の中で声がした。寒いはずなのに、胸がどきどきして頬が火照っているのはそのせいでしょう？

フィンがほほ笑んだ。「眺めが気に入って、ここを買ったんだ」だが彼は窓の外の景色を眺めていない。

「わかるわ」キャサリンはごくりとつばをのみ込み、射るようなブルーの瞳から視線を引きはがした。

外の広場にあるジョージ王朝風の建物がライトアップされている。暗くなりかけた空と上ったばかりの月の光を映しているリフィー川も見える。

「何か温かい飲み物を作ろうか?」フィンが優しい声で言った。

彼女は笑みを浮かべた。「もう寒くないわ」

フィンは広い部屋の四方の壁がどんどん迫ってくるような気がした。何かしないと、二人が後悔することをしてしまいそうだ。「じゃ、テラスに出よう。遠くまで見えるよ」彼は鉢植えをたくさん置いたテラスに出るドアを開けた。「今夜の月は大きい。王さまが使う大きな金の皿みたいだ」

アイルランド人の男性は男らしく、それでいてロマンチックな言葉を口にできる。彼の言葉どおり、金色の大きな月が二人を照らしていた。「さわれそうなくらい近くに見えるわ」

「そうだね」キャサリンもさわれそうなくらい近くにいる。

キャサリンは夜空の星に目を凝らし、遠く聞こえる都会の喧騒(けんそう)に耳を澄ました。フィンの視線が自分に注がれているのはわかっている。しばらくしてから、彼女はフィンのほうに顔を向けた。

「きれいね」

「ああ」彼女の体が震えるのを見て、フィンは眉をひそめた。「また寒くなったかい?」

「ええ、いえ、そんなことないわ」

「コーヒーをいれよう」だがキャサリンの震える唇を見たとたん、さっきから体の奥で高まっていた緊張が一気に頂点に達し、コーヒーをいれにキッチンへ行くことなどできなくなってしまった。高まる衝動をもう抑えられない。

「でも、君が欲しいのはコーヒーじゃないよね、キャサリン?」そう言って、彼女をそっと引き寄せる。「そうだろう?」

急にあたりがぼやけて見えたが、すぐにもとに戻った。「フィン! な、何をするつもり?」

フィンは小さく笑った。そう言うだろうと思った。でも彼女の声に非難の響きがないのはわかった。「君が僕にしてほしいことをするんだよ。初めて会った瞬間から、君の大きなグリーンの瞳が僕に訴えていたことを」彼は急に激しく震えだしたキャサリンの唇にそっと唇を重ねた。

彼女はフィンにもたれかかり、唇を開いた。まるでこのキスのために生まれてきたみたいな気がする。こんなキスは初めて——ピーターとのキスにさえ、こんなふうに感じたことはなかった。

「ああ、フィン。フィン・ディレイニ……」キスはさらに続いた。

フィンは一瞬顔を上げ、キャサリンの表情を見て彼自身もぼうっとなった。シャンペンをひと息に飲み干したみたいだ。「君はキスされるために生まれてきたんだ、キャサリン」

「そうかしら?」キャサリンの声もうわずっている。

フィンがリボンをほどくと、頭上の空のように黒い髪が揺れて肩に落ちた。「星空の下で、月明かりに肌を金色に輝かせながら愛し合うよう生まれてきたんだ」

「星空の下で愛し合ったことなんかないわ」キャサリンは素直に答えた。

フィンはほほ笑んで彼女の手を取り、唇に運んだ。瞳の表情から気持ちは読み取れない。

「ここは寒い。寝室からも星は見えるよ」

キャサリンは同意した覚えはなかった。ただフィンに手を取られたまま、寝室に連れていかれた。

「ほら」フィンは星空の見える大きな窓を指さした。

「ロンドン・プラネタリウムみたい! あなたって幸せね」

「幸せだ」彼が星の話をしているのではないことを二人ともわかっていた。「そんなに離れてないで、キャサリン。こっちへおいで」

彼の腕の中に向かいながら、キャサリンは一瞬、不安を覚えた。ブルーの瞳が熱を帯びて光っている。私はいったい何をしているの?

フィンはドレスのファスナーを素早く下ろした。そんなことはこれまでに数えきれないほど経験してきたみたいに。きっとそうに違いない。

「恥ずかしがるべきなのかもしれないわね」

「でも恥ずかしくない?」

「今よりもっと裸に近い姿をあなたに見られているんですもの」

だが水着より下着のほうが百万倍もセクシーだ。フィンはレースの下着だけになったキャサリンを見まわした。「でもこのほうがずっといい」

フィンは上体をかがめ、ブラの薄いレースを突き上げている胸の先端に舌先で触れた。キャサリンは目を閉じ、考える代わりに感覚に身をまかせた。甘いうずきが全身を貫き、彼女はフィンの首に腕をまわしてしがみついた。まるで彼が不意に消えてしまわないかと恐れるように。この場面もフィンも、すべて幻想かもしれないと恐れるように。「ああ、フィン」キャサリンはため息をついた。

フィンは顔を上げた。「このまま続けるかい?」大きく見開かれたグリーンの瞳をのぞき込む。

これは君自身がずっと前に自分に問いかけるべきことだったんだ。僕の体はもう耐えられないくらい高ぶっている。フィンはそう言いたかった。

「君次第だよ」キャサリンの細い首をさまよっていたフィンの唇がとまった。もう我慢できない。「君が決めるんだ。やめたかったらやめてもいい」

やめることなんてできないとわかっていて、フィンはきいているのかしら?

「やめてほしいのかい？」

「いいえ、やめないで」キャサリンはささやいた。絶対にやめないで。フィンの広い肩に両手をかけ、ひげの伸びかけた顎にキスの雨を降らせる。そうやって体を支えていないと、くずおれそうだった。

　フィンは低く笑った。窓からさし込む月明かりが、キャサリンの漆黒の髪を照らしている。彼女の正直な欲求が、彼の欲望の炎に油を注ぐ。フィンは彼女の背中に片手をまわし、ブラのホックを外した。キャサリンは小さなショーツだけの姿で彼にしがみついた。

「君が欲しい、キャサリン」切迫した声でフィンが言う。

　キャサリンは何も答えず、セーターの下に手を滑り込ませた。滑らかな肌を指先でなぞっていくと、フィンが鋭く息を吸う音が聞こえた。

「君が欲しいんだ。ベッドへ行こう」フィンは返事も待たずに天蓋(てんがい)のついたキングサイズのベッドに彼女を連れていき、ベッドカバーをはいだ。「中に入って、スイートハート。震えているじゃないか」

　震えている？　欲望で火照っているのに。キャサリンは喜んでダウンケットの下に滑り込んだ。布団の中にいると安心できる。フィンは脱いだ服を無造作に床に投げ捨てながら、全裸になった。金色に焼けた肌、贅肉(ぜいにく)一つない、たくましい体。

「向こうへずれて」ベッドに滑り込んでキャサリンの隣に横になったフィンはそう言った

が、すぐに続けた。「いや、やっぱりそのままで」そして彼女の体に体を重ねた。

「眠ってるの？」

フィンは目を開けた。眠ってなんかいない。横になったまま心地よい疲労を楽しむ一方で、自分のしたことにとまどっていた。「起きてるよ」彼はあくびをした。

「起こしてしまったかしら？」神経過敏になっているように聞こえたかもしれないと不安になったが、起こったことをあれこれ分析するのはやめようと決心した。フィンとベッドをともにし、彼女もそれを楽しんだ。楽しむというより、それ以上の歓(よろこ)びを感じた。現代社会では当然の成り行きだ。思慮が足りなかったのは確かだけれど、今さら後悔しても仕方がない。

フィンは笑みを浮かべた。キャサリンのグリーンの大きな瞳、肩にかかるつややかな黒い髪を見て、懸念は消えてしまった。彼はすでに目覚め始めている自分の体にちらりと目をやった。「まあね」

キャサリンは彼の体を覆う薄いシーツの下の動きを見て、体がかっと火照るのを感じた。彼に対して、どうしてこんなに感じてしまうの？　彼女はフィンをじっと見つめた。答えは目の前にある。

キャサリンは絶対に口に出してはいけないことを尋ねた。「どうして結婚しないの、フイン？」

彼はため息を抑えた。黙っておとなしくしていてほしいのに。フィンは彼女を裸の胸に引き寄せた。

「プロポーズのつもりなのかい？」からかうように言った。「結婚するには早すぎるからだよ」

やわらかな胸のふくらみがフィンの胸に押しつけられている。キャサリンは不意にそれだけでは我慢できなくなった。フィンとベッドをともにして、彼の体は知っている。でも、彼がどんな人間かは知らない。フィンは彼女が何度も声をあげるほどの歓びを与えたが、女性にもプライドがある。

「いつもそうやってごまかすの？」

「今みたいにほかのことを考えているときはね」

「フィン！」

フィンは愛馬をめでるように、キャサリンのヒップをてのひらで撫でている。彼女があらがおうとしたときは手遅れだった。フィンの指は彼女の体の最も敏感な部分に触れていた。

キャサリンは大きく目を見開いた。「フィン！」自分の声が歓びに耐えられない声に聞こえる。

「なんだい？」

「やめて」

「やめてほしくないはずだよ」

「いいえ、やめて！」

「じゃ、なぜそんなふうに身もだえているんだ？」フィンの手はまだその部分を愛撫（あいぶ）している。

「わかってるくせに！」キャサリンはうめくような声をもらした。甘いうずきが体じゅうに広がる。

「まだやめてほしいかい？」フィンは手の動きをとめ、まぶたを半ば閉じて唇をうっすらと開いている彼女の顔を見た。

キャサリンは激しく頭を振った。「やめないで！」フィンの新たな手の動きが、体の隅々の神経にまで歓びを伝える。

二人の体が一つになると、フィンの体を激しい感覚が突き抜けた。こんな感覚は初めてだ。キャサリンの甘いうめき声を聞くともう耐えられなくなり、フィンはすべての抑制を解いた。

キャサリンは汗にぬれたフィンの体から降り、隣に横たわった。呼吸を整えるのに、しばらく時間が必要だった。「驚いたわ」

「本当に驚いた」フィンは感情のこもらない声で言ったが、内心は動揺していた。二人がほとんど知らない同士だというだけで、ベッドをともにするのがこんなにもすばらしく感じるものだろうか？　フィンはぼんやりと天井を見つめた。

これからどうしたらいいの？　うとうとしかけてキャサリンは目を開けた。「もう帰ったほうがいいかしら」彼女は一瞬、息を詰めて待った。まだいてほしいと、この人は頼むかしら？　そして弱々しい笑みを浮かべた。フィン・ディレイニのような男性は頼んだりしない――頼む必要すらないわ。

「帰らなくちゃいけないのかい？」フィンがけだるげな口調で尋ねた。

簡単にいえば、彼女は帰らなくてはいけない。フィンは彼女をベッドから追い出しはしないが、かといって忙しいスケジュールを調節するはずもない。

「そうなの。今日のフライトで帰るの」

「何時のフライト？」

「五時」

フィンは腕時計に目をやった。「まだ十時だ」

それで？

「まず朝食を食べないか？」フィンはキャサリンのほうに体を向け、ほほ笑んだ。「僕は卵料理が得意なんだ」

ベッドで愛を交わすのもね。でも、いい思い出をありがとうという彼の流儀に従うつもりはない。卵料理を食べてシャワーを浴び、運がよければもう一度ベッドをともにするなんて。ゆうべは無謀なことをしたかもしれないけれど、少なくともプライドはまだ残っている。

それに捨てられた子犬が愛情を求めてつきまとうようなことはしたくない。

「遠慮するわ」キャサリンはさりげない口調で言いながら起き上がった。「いつも朝は食べないの」

「食べたほうがいい」

「コーヒーだけいただくわ。シャワーを使ってもいいかしら？」

「もちろん」

さっきまではフィンに身をまかせて、すべてを自由にさせてあげたのに、シャワーを使うのにも彼に許可を求めるなんておかしなものだ。

私は捨てられて愛に飢えていただけだったのかしら？　いかにも男性的な雰囲気のバスルームで熱いシャワーを浴びながら、キャサリンは思った。彼はたびたびこうして女性と二人だけの楽しい一夜を過ごすのかしら？

もちろん、私にとってもこれは一夜限りの関係だけれど、彼の優しさとセックスアピールに簡単に我を忘れてしまう女性は、ほかにも大勢いるのかもしれない。

キャサリンは感情を抑えて体をふいた。そんなことは知りたくない。

人形のように表情のない顔でバスルームから出てきたキャサリンを見て、フィンはまばたきした。今のキャサリンからは、ベッドでのあの奔放な女性は想像できない。フィンは再び欲望の高まりを覚えたが、彼女がバッグを取り上げたのであきらめた。

キャサリンは窓辺に立って彼女を見ているフィンに歩み寄った。この人は数えきれないくらいの女性の心を傷つけたはず——でも、私はその中には入らない。できるだけ優雅に彼から去っていかなくては。

「コーヒーは？」

キャサリンは首を横に振った。未練がましいことはよそう。ゆうべの出来事は過去のこと。少なくともピーターを完全に吹っ切る働きはしてくれたわ。

「ホテルに戻ってからにするわ」落ち着いた笑みに見えるよう祈りながらほほ笑んでみせる。「すてきな夜をありがとう、フィン」キャサリンは爪先立って彼の頬にキスした。

「すばらしい夜だったわ」

「どういたしまして」フィンがつぶやく。

キャサリンは堂々とした口調で話そうとしたが、それは容易ではなかった——ゆうべの出来事を思い出させるブルーの瞳を目の前にしていては、胸がどきどきしてしまう。「じゃ、さよなら」

彼女の冷静さにフィンはまたしても好奇心をそそられた。ゆうべあんなことがあったのに、たった今フォーマルパーティーで紹介されたようなよそよそしさだ！　自分のペースを取り戻そうとしているのかもしれない。ゆうべはあっという間に、あんなことになってしまったから。それにしても、僕はなぜ彼女をベッドに連れ戻したいと思っているんだ？

ホテルまで送っていくと言おうとしたとき、電話のベルが鳴り、フィンは小さく舌打ちした。

「電話に出て」その電話は私の知らないフィンの生活があることを告げているようだった。早くここから出ていかなくては――すべてを二度と経験することのない、すばらしい思い出にして。

「いいんだ、留守電になっているから……」

録音されたフィンの声に続いて、女性の声が部屋じゅうに響き渡った。「フィン、エイズリングよ。ゆうべはいったいどこに行ってたの？」

フィンは手を伸ばして録音をとめたが、キャサリンはもう玄関までたどり着いていた。彼女の顔に表情はない。

「ロンドンに来ることがあったら連絡して」

キャサリンは振り向きもせずにドアを出た。エイズリングってだれ？　ゆうべ、フィンはどこに行くことになっていたのかしら？　もちろん、一夜限りの関係の私にフィンを問いただす権利はないけれど。

フィンはぼんやりとキャサリンの出ていったドアを見ていた。外のエレベーターが動きだす音が聞こえる。彼女は現れたときと同じように、あっという間に姿を消してしまった。

彼女がどこに住んでいるのか知る手立てすらないことにフィンは気づいた。

6

キャサリンは三年近くもやめているたばこを吸いたいと思いながら、ひと晩じゅう、フラットの部屋の中を歩きまわっていた。あれは私らしくない、大きな間違いだったのだと、何度も自分に言い聞かせながら。けれどあいにく、まだその結論に達することができない。心は理性を裏切り、彼の黒髪、ブロンズ色に焼けた肌、光をたたえたブルーの瞳を思い出させてはキャサリンを悩ませる。その面影が良心を鈍らせる。

彼のことは考えたくないのに！　絶対に彼との将来はないのだから。私が帰るとき、彼は引きとめようともしなかった。電話番号もきかないし、ロンドンに行ったら会ってくれるかと尋ねもしなかった。

当然でしょう？　衝動的な行動の結末に愛や尊敬は期待できるわけがない。

キャサリンはあえてアルバムを開き、ピーターと撮った写真を見た。だが胸の痛みはなく、ただフィンが与えてくれた官能の歓(よろこ)びを、ピーターは一度も与えてくれなかったと悟っただけだった。

それなら、ピーターとの長いつき合いはなんだったのだろう？　とりわけ私にとって、どういう意味があったの？

月曜日にキャサリンがオフィスのデスクにつくやいなや、ミランダから電話があった。

「すぐに来てくれる、キャサリン？　ダブリンの件で話がしたいの」

「わかったわ」キャサリンは意志の力で落ち着いた声を出した。「原稿は書いてあるの」

「それはどうでもいいから、とにかく、今すぐ来てちょうだい！」

デスクの向こうの編集長の顔は期待に輝いていた。

「彼に会ったの？」

「彼って？」

「フィン・ディレイニに決まってるじゃない！」

「ああ、彼ね」キャサリンは落ち着き払った声で答えた。本当は心臓が飛び出しそうなくらいどきどきしている。ダブリンではほとんどの時間を彼とベッドで過ごしていたと話したら、ミランダはなんと言うかしら？　驚きはしないだろう。長い間雑誌の仕事をしてきたせいで、たいていのことには驚かない。彼女はからからになった喉からなんとか声を絞り出した。「え、ええ、会ったわ。でも、どうして？」

「彼はあなたに興味を持ったの？　つまり、本気で興味を持ったかっていうことだけど」

最後の言葉は不自然だ。ミランダの口調にキャサリンは身構えた。ただの好奇心ではない。何か悪い予感がして、彼女は慎重に尋ねた。「興味を持ったって、具体的にはどういうことに?」

「とぼけないでよ、キャサリン——あなたらしくもない! 女性としてのあなたにとか、ロマンチックな意味でよ」

「ノーコメント」けれど頬が赤く染まるのを抑えられない。

ミランダの表情がさらに輝いた。この業界の人間は、ノーコメントが何を意味するか知っている。キャサリンは答えたとたんに後悔した。その言葉は罪悪感をにじませ、まさに彼女は罪悪感を覚えている。

「彼は興味を持ったのね?」

「違うわ!」

「あなたの顔を見ればすぐにわかる……」

「どんな顔?」キャサリンは驚いて尋ねた。

「クリームをなめた猫みたいに満足げな顔よ。その顔が、週末をどう過ごしたか物語っているわ」

「もうおしまいにしない?」キャサリンは急に動揺を覚えた。自分のしたことについて、上司にあれこれ言われたくない。でも、自分ではどう考えているの? 「この話はしたくないわ」

「まあ、これを見てちょうだい」ミランダはデスクの上にあった数枚の写真を取り上げた。

「これを見れば、あなたの考えも変わるかもしれないわ」

「フィンの写真だったら、もう見せてもらったでしょう？　確かに彼は裕福で地位もある最高の男性だわ。でも、彼に関する告白記事を求めているんだったら、時間の無駄よ、ミランダ」

「違うわ。見て」ミランダは一枚の写真をキャサリンに押しつけた。

写真を見たとたん、キャサリンは血が凍り、時間がとまってしまったような気がした。まるで鏡を見ているようだ。ただ、そっくりだけれど同じではない。キャサリンはまばたきした。写真の女性は漆黒の髪と大きなグリーンの瞳をしていて、口元も彼女に似ている。でも、似ているのはそれだけだ。

それは加工前の原石と、磨き上げられたダイヤモンドを比較しているようなものだった。写真の女性は、自分にお金をかけて磨き上げた魅惑的な女性、すべてをほしいままにできる女性だ。

「この人はだれなの？」

「ディアドゥラ・オウシェイ」ミランダは即座に答えた。「聞いたことない？」

「な、ないわ」

「あなたがこの仕事を始める少し前だったかもしれないわ。私はかすかに彼女の名前を覚えてるの。名前でわかるでしょうけど、アイルランド人で、十年ほど前につまらない映画で主演してたわ。大役をつかむためにハリウッドに住んでたけど、実現しなかった。彼女はあなたに生き写しだと思わない?」

キャサリンは息苦しいような不安を覚えた。「どうしてこんな写真を私に見せたの?」

ミランダは肩をすくめ、もう一枚の写真をキャサリンの冷たくなった手に押しつけた。

「彼女はフィン・ディレイニのスイートハートだったのよ」

その言葉がキャサリンを必要以上に傷つけた。「スイートハートって?」

「彼は彼女の魅力にすっかり参ってしまったのよ。二人はまだどちらも無名のころに知り合ったの。そんな恋がどんなものかはわかるでしょう。激しく素朴で、虚飾も何もない恋」ミランダはため息をつき、物思いに沈んだように言った。「本物の恋よ」

「それが私とどんな関係があるっていうの?」いら立たしげに言ったが、内心では気づき始めていた。

「彼は人づき合いが悪いので有名でしょう?」

キャサリンは肩をすくめた。「ええ」

「それが、あなたとはギリシアの島で出会っただけなのに、会いに来いと誘った」

「休暇中はだれだってそんな気持ちになるわ」

「そして、あなたは彼のもとに飛び、熱く燃えるような週末を彼と過ごした……」

「そんなこと言ってないわ！」

「言うまでもないわ、キャサリン。さっきも言ったけど、あなたの顔に書いてあるもの」

ミランダは間を置いて続けた。「また彼に会うの？」

そう言われると、自分が分別がないだけでなく、愚かに思える。「そんな……つもりはないわ」

「また会おうって言われなかったの？」

言われなかった。容赦なく現実を突きつけられ、キャサリンは自分を守るために守勢にまわるしかなかった。

「ミランダ、どういうこと？　宗教裁判でもしているつもりなの？」

「私が言いたいのは、昔彼の心を傷つけた女性の代用品として、彼はあなたを利用してるのかもしれないってこと……」

そんなことはないとキャサリンは言おうとした。でも、そうでないならなんだったの？　彼は行きずりの女性とベッドをともにするような人間には見えなかった。人づき合いがよくない男性だから……。

それじゃ、彼の動機はなんだったの？

少なくとも私は、ピーターに捨てられて気持ちが動揺していたせいにできる。でもあの夜、フィンはずっと私ではないだれかを想像していたのかしら？

すでに穴の空いていた自尊心が、完全にしぼんでしまった。

君みたいに美しい女性が服を着ているのは罪だと言っているときも、フィンはずっとディアドゥラのことを思っていたの？　二人が結ばれたときも、もう一人の女性の体を思っていたの？

キャサリンは打ちのめされた。フィンは自分の魅力を利用して、できうる限り慎重な方法で私を操ったのだ。誘惑の達人のように気楽にベッドに誘い込み、なんのわだかまりもなく私をフラットから出ていかせた。

電話番号すらきかずに。

つらい思い出から現実に戻ると、ミランダがじっと見つめていた——思いやりに満ちた表情で。そしてキャサリンが今、心から求めているのが思いやりだ。

「全部、話してみたら？」ミランダが優しく言った。

フィンとの熱い夜を思い出して体がうずいていなかったら、キャサリンはもっと思慮深い対応をしていたかもしれない。だが裏切られた思い出が——かつては母親の、そして今は彼女自身の涙となって瞳を曇らせている。キャサリンはうなずき、唇をかんで涙をこらえた。

「ああ、ミランダ！　私が愚かだったのよ」

「何があったか話してくれる？」

だれかに話す必要があった。罪の意識を軽くするために。自分がそうしたわけを理解するために。けれどキャサリンは首を横に振った。「話すことは何もないわ」

「話してみなさいよ」

キャサリンは取り乱したように話し始めた。「ピーターと別れた反動だったのかもしれないけど……まったく自分らしくない行動をとってしまったの」

「彼と寝たの?」

キャサリンはうなずいた。「ええ、そのとおりよ。枝で熟しきったプラムみたいに、彼の腕の中に落ちてしまったの。彼と一夜を過ごしたなんて今でも信じられない! ピーターとつき合っていた三年の間、ほかの男性には目もくれなかったのよ」そのときはフィン・ディレイニのような男性が身近にいなかった。

「その前につき合った人も一人だけ。仕事に夢中で、男性に興味がなかったの。もちろん、今度みたいに向こう見ずなまねをしたことは一度もなかったわ。ピーターとだって」

ピーターに対してはむしろ慎重だった。親密な関係になるまでにずいぶん時間がかかり、ピーターが驚いていたくらいだ。なかなか手に落ちない女性は新鮮でいいとピーターは言った。彼女にとって恋はゲームではない――必然なのだ。生まれたときから自尊心を持てと母親にたたき込まれていたし、ピーターにも敬意を払ってほしかった。

フィンは今ごろ、私のことをどう思っているかしら?

「たぶん、彼は特別なのね――このフィン・ディレイニという男は」

「ええ、確かに特別だわ。魅力的でセックスアピールがあって――自分の魅力を操って、女性を抵抗できなくさせてしまうんですもの！」

普段なら驚いたりしないミランダがびっくりしたように眉を上げた。「それは新しい証言だわ。彼はとても上手なのね？」

「最高よ」キャサリンは反射的に答えた。そのおかげで、ピーターと別れたつらさを忘れることもできたのだ。「信じられないくらい」

長い沈黙があった。

「きっと立ち直れるわ」ミランダが口を開いた。

キャサリンは反抗的な表情で顔を上げたが、グリーンの瞳はぬれていた。「そうしなきゃ。そうするしかないんですもの」

白い花で作った大きな花束で、彼の顔はほとんど隠れていた。フィンはフラットの入口に立ち、インターホンのボタンの横に並ぶ名前を順番に見ていった。

ウォーカー――三号室。赤ん坊を抱き直すようにもう一方の腕に花束を抱え直し、ボタンを押す。

インターホンが鳴り、キャサリンは眉をひそめた。ほとんどすべてをなくしてしまった今、だれかが突然訪ねてくるなんて。最後に残っていた自尊心とプライド、そして仕事までも失ったのに。

キャサリンが編集長室に行き、発売されたばかりの『ピザズ!』をデスクにたたきつけたとき、ミランダは恥じている様子すらなかった。

「これはどういうことなの、ミランダ?」

編集長は何食わぬ顔で言った。「気に入らない? ダブリンをよく紹介できてると思うけど」

「ダブリンの記事じゃないわ! わかってるでしょう、ミランダ!」

「ええ」ミランダの顔が編集者の冷静な表情に変わった。「話が面白すぎて、記事にしないではいられなかったのよ」

「面白い話なんてないって、あなたも知ってるはずなのに」もちろんこの業界では、事実をもとに脚色すれば、面白い話はできてしまう。

ミランダがキャサリンから収集した事実は、彼女がフィン・ディレイニと情熱的な一夜を過ごしたこと、彼がまた会おうと言わなかったことの二点だけ。ミランダはキャサリンが彼の元恋人にそっくりだという事実を自分で探し出した。そして、それをもとに気分の悪くなるような話を作り出し、キャサリンが書いたダブリンの記事につけ加えた。

その中でフィンは信じられないほどセクシーな男性として描かれている。ビジネスにおける情熱と同じように、ベッドでも情熱的な男性だと。彼の寝室からの眺めも詳しく書かれている――ミランダにそんな話をしたかどうかも覚えていないのに！　フィンとベッドをともにしたのがキャサリンだと名前は書かれていないものの、それが自分だと彼女にはわかるし、まわりには推測できる人間も何人かいる。

フィン・ディレイニが何も言ってこないのは驚きだった――同時にキャサリンはほっとしていた。アイルランドでは『ピザズ！』の読者は少ないのだ。

「私をだましたのね、ミランダ」キャサリンは落ち着いた声で言った。「私のジャーナリストとしてのモラルを傷つけたのよ。新聞苦情調査委員会に訴えるわ。フィン・ディレイニもこれを読んだら、きっとそうするでしょうし」

「だって、これは読者のためよ」ミランダは得意げに言った。「一国の指導者になるかもしれない人物ですもの――彼が本当はどんな人間か、読者に伝えるのが私たちの義務じゃないの」

「彼がどんな人間か、あなたはまったく知らないじゃない！」キャサリンは声を荒らげた。本当は私自身も知らないけれど。「彼がまるで下半身のことしか頭にないみたいに書かれてるわ！」

そう言うなりキャサリンは辞表をたたきつけ、編集長室をあとにしたが、この先の当てはない。フリーのジャーナリストとしてやっていけると自分に言い聞かせながらも、気持ちは暗かった。

インターホンが再び鳴った。

朝のこんな時間にだれかしら？　土曜日の朝九時なんて、みんなまだ寝ている時間なのに。

香りのいい花びらが頬をくすぐっている。

「どなた？」キャサリンは不機嫌な声でインターホン越しに言った。

フィンは体の中に緊張感が高まっていくのを意識した。キャサリンが家にいる時間をねらってやってきたのは正解だった。

フィンの瞳がきらめいた。彼女を驚かせたい。「キャサリン？」

その声を聞いただけで、霧のかかっていたキャサリンの頭の中で、感情が大きく渦巻き始めた。アイルランドなまりのリズミカルな声は、百キロ離れていても聞き分けられる。罪の意識に悩んでいたことなど忘れ、すぐに体が反応してしまう。

フィン？

フィンがここに？

雑誌を読んだんだわ！

不安に駆られ、キャサリンはドアに額を押しつけて目を閉じた。インターホンに出たから、私が部屋にいるのは彼にわかってしまった。でも無視していれば、帰ってくれるかも……。

キャサリンは目を開けた。彼が肩を落としてそっと立ち去るなんて想像できない。逃げられないわ。

きっとフィンは文句を言いに来たに違いない。大衆誌に下品な話をべらべらしゃべるような女性をどう思っているか、はっきりと言うために。

「キャサリン?」

彼がどれくらい怒っているか声で判断しようとしたが、深みのある音楽のような声には、ただ神経を心地よく刺激されるだけだ。

「ああ……来て、フィン」

エレベーターに乗ったフィンの唇に皮肉な笑みが浮かんだ。キャサリンが何を言っても、セクシーなことを連想してしまう。あの夜を思い出しただけで、いやでも体が熱く燃えてしまうのだ。

キャサリンは急いで電動歯ブラシで歯を磨き、乱れた髪をとかした。身につけているのは膝まで丈のある大きなTシャツだ。

彼女はあきらめて鏡を見やった。ともかく、この格好なら魔性の女と非難されることはないわね。

エレベーターのドアが開く音が聞こえた。フィンが訪ねてきた理由を思い出し、キャサリンの顔から血の気が引いた。ふざけている場合じゃないわ。間違いなく魔性の女として、彼は軽蔑のまなざしで私を見るだろう。

ノックされる前にキャサリンはドアを開けた。フィンが最初に気づいたのは、ノーメイクの彼女の顔がやけに白いことだ。次にだぶだぶのＴシャツの下で、硬くなった胸のつぼみがシャツを突き上げているのに気づいて、彼自身も高まりを覚えた。

「来てくれてうれしいわ」それは本当だ。色あせたジーンズと、瞳の色をいつもより濃く見せている淡いブルーのセーターに身を包んだフィンは、心臓がとまりそうなくらい魅力的だ。キャサリンは胸を高鳴らせて身構えた。彼はどう切り出すだろう？

私をひるませるような軽蔑の言葉？　痛烈な非難の言葉？　キャサリンは怒りの嵐が吹き荒れるのを待ち受けるうちにとまどいを覚え、しだいに胸が高鳴ってきた。フィンは花束を抱えている。初めて見るきれいな花。グリーンがかった白い花が房状に咲き、葉は濃いグリーンだ。

花束？

フィンはすまなさそうに肩をすくめた。「こんな時間に申し訳ない」低い声で続ける。

「ベッドから引っ張り出してしまったみたいだね」

キャサリンは頬を赤らめた自分がいやだった。今となっては、はかない夢としか思えない、あの夜の出来事をなぜ思い出させようとするの？「い、いいえ、だいぶ前から起きてたわ」それも本当だ。運命のダブリンから帰ってからというもの、続けて二、三時間しか眠れないようになっていた。

「中に入れてくれないのかい、キャサリン？」フィンの声は、ジャングルを音もたてずに歩く虎の足の裏のようにやわらかい。

「入りたいの？」もちろん、入りたいだろう――彼のように社会的地位のある人間は、フラットの住人に汚い言葉で罵り合うのを聞かれたくないはずだ。

フィンはかすかに笑みを浮かべた。「恋人が花束を持って訪ねてくるときは、いつもこんなふうに応対するのかい？」

フィンに花束を渡されても、キャサリンはその美しい花にほとんど目もくれなかった。彼女の全神経は、彼が口にしたひと言に集中している。

恋人。

確かにそう言ったわ。ということは二つの可能性が考えられる。彼は雑誌を読んでいないかもしれない。そしてもう一つは、アイルランドで終わったことを彼がまた続けたいと思っているのかもしれないということだ。でも、自分はどうなの？

もちろん、そうしたい！　彼の姿を見ただけで、心は二人だけのばら色の世界に飛んでいってしまった。キャサリンは心の中で神に感謝し、高まる気持ちを抑えてエキゾチックな花に目を落とした。

「私に？」

「ほかの女性に贈る花を持って君に会いに来るほど、僕が無神経な男だと思っていたのかい？」

「そうじゃないわ」キャサリンはほほ笑んだ。ゆっくりと喜びがわき上がり、体が火照ってくる。燃え盛る炎の前に立っているように。

「入って」彼女はドアを大きく開けた。花束に顔を近づけると、甘く不思議な香りが鼻をくすぐる。「すてきだわ。でも珍しい花ね」大きなグリーンの瞳をフィンに向ける。「なんていう名前なの？」

フィンはなにげない口調で言った。「モック・オレンジの花だよ」

「偽物のオレンジなの？　本物のオレンジの花に対抗して？」

「そんなところだ」

ロンドンの花屋では見かけたことがない。たぶん、フィン・ディレイニは高級デパートにでも寄って買ってきたのだろう。キャサリンは喜びを隠さずに笑みを浮かべた。「花瓶に生けてくるから、気楽にくつろいでいて」いかにもその気があるように聞こえたかしら？　そう思いながらキッチンへ花瓶を探しに行った。

かまわないわ。土曜日の朝早くに花束を持ってやってきた男性こそ、いかにもその気がありそうじゃない？

フィンも心の底では私と同じように感じているのかもしれない。ギリシアで出会い、ダプリンで一夜をともにした二人の関係を、そのまま終わりにするのは惜しいと。

キャサリンは小さくハミングしながら、花瓶に水を入れた。

フィンは檻の中の虎のように居間の中を歩きまわり、鋭い目で細かいところまで観察し、分析していた。淡いゴールドのカーテン越しのやわらかな日ざしが部屋を満たし、超現実的な雰囲気を醸し出している。

多くの書籍。普通の家具。二つのありふれたソファが、エキゾチックなクロスをかけることによって平凡さを免れている。二つの額入りの版画が壁に飾られ、小さな陶器の猫がいくつか置いてある。キャサリン・ウォーカーの素顔を探るには充分ではない。

キャサリンが花瓶に生けた花を持って部屋に入ってきた。小さなコーヒーテーブルの上に置くと、花の香りが部屋じゅうに漂った。

これからどうするの？　何事もなかったように話を続けるの？「コーヒーはいかが？」

フィンは首を横に振り、体の奥の何かに突き動かされるように彼女に近づいた。キャサリンを抱き寄せる彼の瞳に表情はなかったが、きつく抱き締めると、そのやわらかな体は即座に反応を見せ始めた。「コーヒーを飲みに来たんじゃないんだ」

キャサリンは反論しようとした。せめて少しは形式的な会話をしたあとで行動に移るべきではないかと。けれど開いた唇はフィンの唇でふさがれてしまった。そして彼のキスが欲しくてたまらなかったキャサリンは抵抗しなかった。あの夜からのひと月が、まるで永遠のように感じられる……。

「フィン……」

「なんだい？」フィンは我が物顔に彼女の胸のふくらみを手で包み込んだ。

彼の腕に抱かれるのは、記憶にあったよりもずっと心地いい。甘い歓びがキャサリンの感覚を酔わせ、すべての考えを頭から追い出してしまった。

「何か言おうとしてたね？」

「私が？　なんだったかしら」ブルーのセーターの下に忍び込んだキャサリンの手が、滑らかなフィンの肌に火をつけていく。「ああ、会えてうれしいって言おうとしたの」

「僕もだよ。それに、こうして迎えてほしかった」フィンの声がくぐもり、ブルーの瞳が燃えている。「たった一つ不服なのは、君をよく見られないことだ。そろそろいいだろう？」

フィンは手早く頭からTシャツを脱がせ、床にほうった。キャサリンは彼の前に裸で立っていた。

「フィン！」体が火照っているので、空気が冷たく感じる。けれど彼の唇が胸の先端に触れたとたん、そんなことは忘れ、キャサリンは身を震わせながら彼の顔をさらに胸に引き寄せた。「ああ！」

彼女の震えるような叫び声が、すでに高まっているフィンの情熱をかき立てる。彼はセーターを脱ぎ捨て、デッキシューズを蹴って脱ぐと、ジーンズのジッパーを下げた。「脱がせて」荒々しく息をしながら言う。

キャサリンはひざまずき、ジーンズを引き下ろした。

「いつもこうなのかい?」ジーンズから足を抜くと、フィンはキャサリンをカーペットの上に押し倒した。欲望に突き動かされた二つの体が絡み合う。

「こうって?」キャサリンが彼のたくましい胸に唇を寄せると、彼は身震いした。

「とても敏感だってことさ」すぐに燃え上がって、体がふくれ上がる欲望で爆発してしまうのではないかと思うほど、フィンを興奮させてしまう。

相手があなたのときだけよ。でも、そんなことは怖くて口に出せない。キャサリンは唇を舌で湿した。

フィンが瞳を燃え上がらせて彼女の体に体を重ねた。今この瞬間はすべてを忘れ、キャサリンの体の甘い誘惑しか感じることができない。

「キャサリン、君が欲しくてたまらない」彼女の最も敏感な部分に手を触れると、思ったとおり、もう彼を迎え入れる準備ができている。フィンが熱く煮えたぎる体をキャサリンの奥深くうずめると、彼女は歓びの声をもらした。「感じるかい?」フィンはかすれた声で言った。「僕はたまらなく感じてる!」

キャサリンはフィンの甘い動きに身をまかせながら、しだいに理性が失われていくのがわかった。

「どうなんだ、キャサリン？」彼女の降伏の言葉を聞きたい。「感じるだろう？」

からからに乾いた唇からなんとか声を絞り出した。「信じられないくらい」彼の動きにつれて、キャサリンは甘いうめき声をもらした。「信じられないくらいよ」

あっという間にキャサリンは絶頂に達した。一瞬、意識が薄れ、感覚だけの世界をさまよったあとで、ゆっくりと現実の世界に戻ってきた。彼女は夢見心地でほほ笑んだ。裸のままフィンの腕に抱かれていたい。一日じゅう――いえ、この週末ずっと。

今度は愛を交わすだけではなく、ほかのこともしたい。彼のためにランチを作り、そのあと公園へ行くのもいい。午後は映画を見て、それから夕食を食べて……いずれはどんな仕事をしているか打ち明けなくてはならないだろう。あの記事についても触れなくてはいけないけれど、それはなんとか説明できるはず……。

キャサリンはこれからのことを想像して、うっとりとため息をついた。

そのため息がフィンを現実に引き戻し、不意に空気が肌に冷たく感じられた。

フィンは彼女から体を離した。キャサリンはぬくもりを失った子犬のように甘えた声をもらした。

「何をしてるの？」眠たげな声で言いながら、ジーンズに手を伸ばしているフィンの引き締まった体を見た。

「何をしてるように見える？　服を着てるんだよ」

ジーンズをはいたフィンの顔から、急に表情が消えてしまった。キャサリンの知らない厳しい顔をしたフィン。こんな冷たい声も聞いたことがない。

「ど、どこに行くの？」

「そんなことは君にはまったく関係ない」

キャサリンは起き上がり、眉をひそめた。きっと聞き間違いよ——そうでなければ、いつの間にか悪い夢を見ていて、彼の無表情な顔を現実だと勘違いしているのかもしれない。

「なんて言ったの？」

フィンは皮肉っぽい笑みを浮かべた。「ゆっくり繰り返して言おうか、キャサリン？君には関係ないって言ったんだ。わかったかい？」そしてデッキシューズをはき、乱暴にセーターを着た。

なぜこんな終わり方をするのか、その理由を求めてキャサリンの頭はフル回転していた。絶頂に達したあとにあれほど陶酔していなければ、もっと早く理由がわかったのかもしれない。「フィン、私にはどういうことかわからない……」

「わからない？」唇がゆがみ、ブルーの瞳が氷のように冷たく光る。「だったら、君はあの仕事に向いてないいんじゃないか？　こんな簡単な言葉の意味を理解する能力もないならね！」

やっと意味がわかった。〝あの仕事〟と彼は言った。そう、彼はやっぱり記事を読んでいたんだわ！「フィン、説明させて……」

「嘘はもうたくさんだ。やめてくれ！」

全裸でいることに気づいて、キャサリンはTシャツをつかんで頭からかぶり、よろめきながら立ち上がった。バストが揺れ、フィンがそれを無視できずにいるのがわかる。キャサリンは懇願するような表情で、フィンを見た。なんとしても真実を告げなくては。「何があったのか、私には説明する権利があるわ」彼女は低い声で言った。

「そんな権利はない！」今までくすぶっていた怒りが一気に爆発した。「それどころか、無断で記事を書かれて、その謝礼すら受け取ってないんだから、僕には別の形で払ってもらう権利があるわけさ」

彼の言葉の意味をようやくのみ込むと、キャサリンは気分が悪くなった。フィンの瞳を見て、さらに気分は悪くなった。

痛烈な軽蔑のまなざし。そんな目で見られるだろうと最初は覚悟していたのに、花束をもらい、彼の腕に抱かれたことで忘れてしまった。今の彼の表情は、覚悟していたよりずっと厳しい。

キャサリンは苦いつばをのみ込んだ。彼の言葉が信じられない。「つ、つまり……あなたは私を意図的に抱くためにここに来た……」

「そのとおりだ。簡単だったよ——難しいわけがない。この前だって簡単だったんだから」

フィンを殴り、大声で叫びたい。でもまだ問いたださなくてはならない。何かが間違っているのだから。「ばかげた雑誌の記事の仕返しをするために？」

「ばかげた雑誌の記事だって？」フィンの頬が怒りに赤らみ、アイルランドなまりが強くなった。「君にとってはただのばかげた記事かもしれないが、僕の信用はがた落ちだ！」

「政治家になる野心があるから、真実以上に潔癖な人間だと思われたかったということ？」

「それとは関係ない！」フィンは低い声で吐き出すように言った。「他人は僕が望んでもいないことを勝手に言いたがるんだ！　僕は政治家になるつもりはまったくない。ただ友だちや家族があの間違った記事を読むのがいやなんだ」

フィンはキャサリンが実際に身をすくめるような、軽蔑をあらわにした目で彼女を見据えた。

キャサリンも同じように軽蔑した表情でフィンを見返した。「それで花束まで用意するなんて、手の込んだお芝居をしたものね。私を誘惑するために、そこまでしなくてはいけなかったのかしら？　あなたのセックスアピールも衰え始めたと思ったの？」

「そんなことは少しも思っていないさ、スイートハート」フィンの瞳の光が揺らぎ、声が和らいだ。「あの花束にはメッセージがこめられているんだ」キャサリンはぼんやりとフィンを見つめている。「花言葉を知ってるかい？」

フィンの詩的な言葉を聞いていると、さっき彼が言った言葉は現実ではないと思ってしまいそうだ。

キャサリンは首を横に振った。

「どんな花にも花言葉がある」フィンは穏やかに続けた。

「モック・オレンジの花言葉は？」彼女は弱々しい声で尋ねた。

フィンはあきれた顔をした。「まだわからないのかい、キャサリン？　裏切りだよ」その顔に残酷な笑みが浮かんだ。

効果抜群の表情だった。それはキャサリンの胸をナイフのように何度も何度も突き刺した。

「一つだけ教えてくれ」フィンは鋭い視線を向けた。「ダブリンには仕事で来たのかい？　それとも、君がたまたまダブリンに来ていたのか？　それで編集長に僕の記事を書くように言われたとか？」

「編集長に言われたけど、でも……」

「でも、なんだ？　自然にあの記事ができたとでも言いたいのか？」

そうではないと反論したい。だが、今はどんな言葉も二人の間の誤解を解くことは不可能だ。
「帰って」キャサリンは静かに言った。
フィンはすでに玄関に向かっていた。「これほど楽しいことはなかったよ」
それを捨てぜりふに、フィンは去っていった。

7

玄関のドアが閉まるやいなや、キャサリンは花瓶の花をつかんでキッチンへ行き、シンクに投げ捨て、原形をとどめなくなるまでめん棒で何度も何度もたたきつぶした。

こうすることによって、鬱積（うっせき）した欲求不満は解消し、つかの間の満足感は得られるかもしれない。だがキャサリンは欲求不満は感じていない――ともかく肉体的には。ただ、彼女をこんな状況に陥らせた残酷な運命に対して、やりきれなさを感じているのだ。心から好きになってしまった男性は、もう二度と彼女を信じることはないだろう。

彼は説明するチャンスすら与えてくれなかった。それに興奮していたので、ディアドゥラ・オウシェイについて尋ねるのを忘れていた。フィン・ディレイニにまったく非がないわけではない。彼女がミランダに軽率にしゃべってしまったのには、それなりの理由があったのだ。

涙が頬を伝い始めたとき、電話のベルが鳴った。

キャサリンは慌てて受話器をつかんだ。フィンが考え直して、さっきの冷酷な態度を謝ってきたのかもしれないと思っている自分がいやだったが、どうしようもなかった。

「も、もしもし?」

だが電話は母親からだった。「キャサリン? 何かあったの?」

キャサリンはこぶしで涙をぬぐった。「何もないわよ、ママ」

「だって、声が変よ」母は心配そうに言った。母親というのは娘の異変にすぐ気がつくものだし、仲のいい親子ならなおさらだろう。「泣いてたの?」

「まさか」キャサリンははなをすすった。

「まさか?」母親の声が和らいだ。「何があったか話してごらんなさい」

「だめよ! 話したら、ママは私を嫌いになるわ」「キャサリン、とにかく話してごらんなさい」

悲嘆のあまり、言葉が自然に口を突いて出ていた——少なくとも母親を傷つけないように省略された話ではあったけれど。その男性をほとんど知らないことも、驚くほど短い間にその関係は終わってしまったことも打ち明けなかった。ピーターと別れてすぐに、無謀にも別の男性と関係を持った事実だけを話した。

「ああ、ママ、どうしてあんなことをしてしまったのかしら?」キャサリンはすすり泣いた。

「反動でそんなことをしただけよ」母はきっぱりと言った。「よくあることだわ。だからってこの世の終わりじゃないのよ。すべて忘れてしまうことね」

「何カ月もピーターとは会っていなかったのよ」それも本当だ。自分が平気ですぐに新しい恋人を作るような人間だと母に思われたくなかった。

「私は批判するつもりはないわ。あなたがどんな人間かわかっているし、いつでもあなたを信じているから。ところで、その男性はどういう人なの？　もしかして……結婚してるの？」

その声にはかすかに冷ややかな響きがあった。今でも母は傷ついているのだ。母は一人で耐えるしかなかった。妻帯者を愛した苦しみと痛みに。一人で子供を育てる苦難に。キャサリンはそうして生まれた、父親を知らない子供だった。

「結婚はしてないわ」

「それならよかった」

「心配かけて悪かったわね、ママ」

「それより、仕事がなくなったことのほうが心配だわ。フリーでやっていけるの？」

「まだ仕事は探してないけど……」

「だったら、早く始めたほうがいいわ。ちゃんと生活していけるだけのことはしないと。いいわね？」

自立がいかに大切かというのは、常に独力で生きてきた母親に子供のころから教え込まれてきたことだ。母は娘の仕事について、不安定な職業だと最初から心配していた。それがフリーで仕事をするとなれば、母親にとっては悪夢のようなものだろう。

「仕事は見つかるわ——コネがたくさんあるし」

「今週末にでもうちに帰ってきたら？　久しぶりに会いたいわ」

帰りたいと思いながらも、キャサリンはためらった。野原と林に囲まれ、遠くに海が見える母の小さな家に逃げ込むことほど楽なことはない。いつもならすぐ駅に行って、切符を買っているだろう。

でも今は、いつもの場合とは違う。キャサリンはうんざりした表情でぶかぶかのＴシャツを見下ろした。

「だめだわ、ママ。いろいろとしなきゃいけないことがあるの。来週の週末には行けるかもしれない」

「わかったわ、キャサリン。体に気をつけてね」

「大丈夫よ！」

それから数週間、仕事を探して出版社をまわっている間、キャサリンの頭から母親の言葉が離れなかった。彼女の名前を知っていて雇いたいという担当者もいたが、世の中にフリーのジャーナリストは掃いて捨てるほどいる——大学を出てすぐフリーになった、若くて才能も意欲もあるジャーナリストも。その中で競争していくには、かなり頑張らなくてはならない。不意に『ピザズ！』での社員としての仕事が、とても気楽に思えてきた。そんな仕事をどうして捨ててしまったのだろう？

ミランダに抗議するつもりで辞めたものの、結局は無駄だった。いずれにしてもフィンを失ってしまったのだから――もともとフィンは私のものではなかったけれど。

ママは、体に気をつけてとも言っていた。ストレスで体調まで悪くなることがあると、わかっていたのかしら？

知らない間にキャサリンの体は異常を来していた。あるときは食べ物のことを考えただけで吐き気がしたかと思えば、またあるときはビスケットをむさぼるように食べた。

ある日の午後、『ピザズ！』の同僚でただ一人、辞めてからもつき合っているサリーに太ったと言われて、キャサリンはついに厳しい現実と向き合わざるをえなくなった。

サリーが帰るのを待ってバスルームに駆け込み、青ざめておびえた目をしている自分の顔を鏡で見た。心の奥でわかっていながら否定していた。知りたくない。知る勇気もない。

妊娠しているかもしれないとは、それまで思いつきもしなかった。けれど、いくつかの事実を頭の中で整理してみると、気づかなかった自分の愚かさが信じられなかった。

翌日、必要ないとわかってはいたが、確認のためのテストをした。最悪の結果が出るまでは、ストレスが原因かもしれないという望みを捨てきれずに。

結果は試験紙に現れたブルーのラインが物語っていた。そのうえ胸が張って痛み、生理がなく、吐き気がしたり、不意に食欲を感じたり。すべてを考え合わせれば、医者でなくても理由はわかる。

キャサリンは呆然（ぼうぜん）とし、重たくなった胸を両腕で抱くようにして深呼吸した。

これからどうすればいいの？

呼吸が浅く乱れている。頭の中を整理しようとしても、とても現実とは思えず、まともに考えられない。現実のはずがないわ、そうでしょう？

キャサリンは現実に目をつぶり、ペット用の墓地に関する記事を書くために全エネルギーを注ぎ、数日間かけて取材した。ロンドンに最近できた人気のクラブの記事を書いて高く売ったが、そのためにはたばこの煙の充満した店で、ひと晩過ごさなくてはならなかった。

クリスマスの間も彼女は現実を否定し続けた。ぶかぶかのセーターを着て、どうしてお酒を飲まないのかといぶかる母親に、減量中だからと答えた。

それでも時は刻々と過ぎていく。ある朝、気分が悪くなってバスルームに駆け込んだキャサリンは、洗面台の端を両手でつかんで体を支え、鏡の中の青ざめた顔を見つめた。

私のおなかにフィン・ディレイニの赤ちゃんが！

私を嫌悪している男性、ほとんど知りもしない男性――そして、もう二度と顔を見たくないという意思を明らかにして、私の前から姿を消した男性の子供が生まれる。キャサリンは一つの動かぬ事実を認めた。

子供が生まれるのよ。

キャサリンはすぐに診察の予約をした。

「ええ、確かに妊娠してるわ。順調よ」診察を終えたドクターが言った。「でも、もっと早く受診するべきだったわね」

「ええ」

ドクターは慎重に言葉を選びながら続けた。「それで……産むつもりなんでしょう？そうでないなら……」

そんなことは考えたことすらなかった。キャサリンは大きく息を吸って答えた。不安だけれど迷いはない。「ええ、もちろん産みます」

ドクターはうなずいた。「父親はどう思ってるのかしら？　あなたをサポートしてくれるの？」

一瞬、答えをためらった。彼にその能力があるのは疑いようもない。でも……。「彼に頼るつもりはありません。私たちは……もう別れたんです」真実は話さず、もっともらしい説明をした。

「でも、産むことは話すんでしょう？」

キャサリンは椅子の背にもたれかかった。「わかりません」もう何一つわからないような気がする。

ドクターはデスクの上のカルテの位置を直し、彼女に目を戻した。「男性も知る権利があるわ、キャサリン――私はそう信じてるの」

キャサリンは歩いてフラットに戻った。小雨が服を通して肌までぬらしていることにも気づかなかった。ドクターの言葉が頭を離れない。彼に話すべきかしら？　本当に彼には自分の子供が生まれることを知る権利があるのかしら？

キャサリンは居間に腰を下ろし、ぼんやりとティーカップをもてあそんでいた。紅茶がもう冷めていることには気づきもしない。フィンと愛を交わした床が、彼女を嘲笑っているようだ。

愛なんてなかったのに！

私は彼に再会できた喜びに流されてしまったのかもしれないけれど、フィンの誘惑は冷酷な考えに基づいたものだった。

それでも責任は彼だけではなく、私にもある。

彼の子供がおなかの中で育っていることを彼に告げなくても、私は誇りを持って生きていける。でも、この子はどうだろう？

この子を自分と同じような目に遭わせるつもりなの？　自分の父親がだれなのかわから

ないのは、ひどく不安なものだとわかっているのに。遺伝子の半分の持ち主を知らないまま成長するのはどんなに不安なものか。そして私は一生、秘密を抱えて生きていかなくてはならない。

それなら彼に電話して話す？　それとも、二人の狂おしい情熱の結果を、細かく手紙に書いて知らせる？　キャサリンは頭の中で文章を考えようとして眉をひそめた。無理だわ。

太陽が沈み始めた。口をつけていないティーカップをコーヒーテーブルに置き、キャサリンは頬を伝う涙を腹立たしげにぬぐった。おなかの中の子供を思うと胸が痛んだ。二人の大人が分別のない行動をとったばっかりに、この子がつらい思いをしなくてはいけないなんて。

今こそありったけの勇気が欲しかった。こんな話を彼にするには、方法は一つしかない。フィンと会って話をするしかないのだから。

8

「フィン、ミス・ウォーカーをお通しします」

「ありがとう、サンドラ」フィンはインターコムを切り、大きなデスクの向こうでじっとキャサリンを待った。オフィスの戸口に現れた彼女のグリーンの瞳から感情を読み取ることはできない。青白い顔を強調する黒のゆったりしたベルベットのコートを着た姿は、美しい魔女のようだ。「入って、キャサリン」抑揚のない声で言い、彼は席を立った。「ドアを閉めてくれ」

まるで私が文句を言いに来たとでも思っているみたい。私がこれから言うことを——それがもとで起こる言い争いを秘書に聞かれたくないとでもいうように。キャサリンはドアを閉めた。

「座ったら?」フィンはまた腰を下ろしながら、デスクに向かい合った椅子を勧めたが、キャサリンは首を横に振った。

「立ってるわ、かまわなければ。飛行機とタクシーの中にずっと閉じ込められていたか

ら」胃がむかむかするのは緊張のせいで、おなかの赤ちゃんのせいではないとわかってい
ても、彼の前に座って苦しみたくなかった。「会ってくれるなんて驚いたわ」
「君が会いたがるなんて、僕も驚きだ」
フィンは無表情だが、ブルーの瞳だけが光っている。あの日、彼が連れていってくれた
グレンダーロッホの岩から切り出された石像のように、冷たい表情だ。もうはるか昔のこ
とのように感じるけれど……確かに昔のことだ。あの日、彼の目を見つめて笑ったのは、
今ここにいるキャサリンではない。
今ここにいる私には使命がある。フィンに真実を伝えること――私の面目をかけて伝え
なければならない真実を。それなのに、何度も練習したその言葉が、いざ話すとなると出
てこなくなるのはどういうわけだろう?
フィンはキャサリンを見つめた。彼女は変わった。それは彼女の顔が青白く、よそよそ
しく、警戒の色を浮かべているからではない。何かが彼の第六感に警告を発している。キ
ャサリン・ウォーカーのような美しい女性はプライドも高い。そうも警告している。あん
な仕打ちをした男とはもう顔を合わせたくないはずだ。だが彼女は会って話がしたいと電
話してきた。しかも早急に二人だけで。
「二人きりだよ、キャサリン」フィンは言ったとたんにその言葉の皮肉に気づき、後悔し
た。彼女も皮肉に気づいたらしく、苦々しい笑みを浮かべた。

最後にロンドンで会ったときのことを覚えてる？　そんな前置きをしても、お互いに気まずい思いをするだけだろう。

「私、妊娠してるの」キャサリンはいきなり言った。

長い沈黙のあと、フィンは表情も変えずに口を開いた。「そうか」

「あなたの子供よ！」キャサリンは声を荒らげた。張り詰めた空気を破り、フィンの顔に感情を引き出したい。

「ああ」

彼のそっけない返事を聞いているうちに、今ごろになってショックに襲われ、脚から力が抜けていった。キャサリンはさっき勧められた椅子にどさりと座り込み、理解できないというようにフィンを見つめた。

「否定しないの？」

「否定してどうなる？　君が子供の父親として僕を第一に選ぶとは思えない。僕たちの関係は今世紀最大の恋愛とはとてもいえないものだからね。だったら君はこんな大事なことで嘘（うそ）はつかないはずだ。嘘をついていないなら、君は真実を語っている」

理論的で冷静な言葉だった。真っ向から否定され、罵（ののし）られ、オフィスから出ていって二度と現れるなと言われるより、なぜかよけいに傷ついた。いっそそうしてくれたほうが彼との関係を断ち切る決断ができたのに。

そして彼の感情をあらわにさせることもできたはずだ。まるで試験管の中の珍しい標本を研究している科学者のように冷徹な表情ではなく。でも、それ以外に何を期待していたの？「驚かないのね」

フィンは肩をすくめた。「原因があれば結果がある」

「ずいぶん皮肉屋なのね、フィン」

「そうかもしれないが真実だ」フィンはロンドンのフラットでの狂おしい朝を思い出して、大きく息を吸い込み、重く長いため息をついた。「避妊を忘れるとこうなるってことさ」

ここまで辱められるなんて。

実際に殴られたようにキャサリンは身をすくめた。強烈な痛みが胸を切り裂く。あの日、居間の床に倒れ込み、狂ったようにお互いを求め合ったのに……。

でもフィンは、私を誘惑するためにフラットにやってきた。けれど彼は避妊の措置をとらず、私もその場のムードと彼の魔法に我を忘れ、そのことに気づかなかった。

どんなに否定しても、フィン・ディレイニのとりこになっていたのは事実だ。あのときも、その前も。でも今は、その魔法が光のいたずらのように幻影だったとわかっている。

「忘れたのは単に不注意だっただけかしら？」

「君はどう思う？　わざと忘れたとでもいうのかい？　こうなることを僕が望んでいたとでも？」ブルーの目が彼女を射る。「僕が何を考えていたかって？」フィンは低く笑った。

「それが問題なんだよ――僕は君が欲しくて、何も考えていなかった」

「私への軽蔑が火をつけた欲望ね」フィンは否定しない。

「それで、いつが……」フィンが一瞬口ごもり、手元の書類に目を落とした。わずかながらでも感情を表に出したのは初めてだ。彼は再び視線を上げた。「いつが予定日なんだい？」

「わからないの」

鋭い視線が説明を求めている。確かに彼には説明を求める権利があるし、私もそのためにここへ来たんでしょう？　いきなり父親になるのだと告げられたのだから、説明は必要だ。

「最後の生理日が思い出せなくて、はっきりした日付がわからないだけよ。六月だと思うけど」

「六月」フィンは窓の外に広がる景色に目をやった。「じゃ、六月に僕は父親になるということか」

「そうとも限らないわ」

今度はフィンがたじろぎ、そして痛みとも怒りともとれる表情を浮かべた。彼はキャサリンの言葉を誤解したのだ。

「違うわ、そうじゃないの！」キャサリンは慌てて言った。「私が言いたいのは、あなたがいやなら、この子とかかわらなくてもいいということよ」彼は父親になりたかったわけではないから束縛される必要はない。

「だったら、君はどうしてここに来たんだ?」彼は探るようにキャサリンを見た。「金が欲しいのか?」

フィンの言葉にショックを受けたキャサリンは青ざめ、よろよろと立ち上がろうとした。だが脚に力が入らない。この人はまだ私を傷つけたいの?

「なんてことを言うの?」キャサリンは絞り出すような声で言った。「あなたは地位も財産もあるビジネスマンかもしれないけど、私がお金の無心に来たと思ったら大間違いよ、フィン・ディレイニー!」

「じゃ、何が欲しいんだ? 結婚指輪でも欲しいのか?」

「とんでもない!」キャサリンの言葉に力がこもる。「私が子供を道具みたいに利用していると思っている人と結婚する気なんてないわ。あなたが知性のある人なら、私たちの間に起こったことの責任の一端を引き受けたいのではないかと思って、赤ちゃんのことを話しに来ただけよ」

「キャサリン……」

「もういいわ!」怒りが力に変わった——見事に自尊心を取り戻す力に。「あなたの考えはよくわかったわ。心配しないで、もう二度とあなたを困らせないから!」

「まあ、一番高い値をつけてくれる人にこの話を売ればいいことだからね」フィンは言い、次の瞬間宙を飛んできた何かを避けて反射的に身をかがめた。

キャサリンがデスクの上にあった重たそうなペーパーウェイトをつかんで投げたのだ。それは彼を三十センチほど外れて、壁にかけてあった風景画に当たり、鼓膜が破れそうな大きな音をたててガラスが粉々に飛び散った。

オフィスに駆け込んできたサンドラが、信じられないという表情で中を見渡した。「大変！　大丈夫ですか、フィン？」かすかにアイルランドなまりのある声がうわずっている。「警備員を呼びましょうか？」放心状態で青白い顔をしているキャサリンを見る。「それとも警察を？」

驚いたことに、フィンはかすれた声で笑いだし、首を横に振りながら言った。「いや、大丈夫だ。ミス・ウォーカーが的当ての練習をしていただけさ」

「残念ながら的を外してしまったけど！」キャサリンは少しヒステリックに言い、椅子を後ろに押しやりながら立ち上がった。

「もういいよ、サンドラ。ありがとう」急いでフィンが言った。

サンドラはわけがわからないという表情でフィンを見ると、部屋を出てドアを閉めた。キャサリンがあとに続こうとする。

あっという間に彼女に追いついたフィンが肩をつかんだ。「どこに行くつもりだ！」

「放して！」

「だめだ」フィンはキャサリンをドアから遠ざけ、自分のほうに向かせた。彼女の怒りがびりびりと伝わってくる。「君に殺されるところだった」

「あなたをねらったわけじゃないわ！　でもねらっていればよかった」

「それでは赤ん坊の父親がいなくなってしまうんじゃないのかい？」

「あなたは父親にふさわしくないわ！」

キャサリンの痛ましい表情を見て、フィンは態度を和らげた。自分の気持ちはともかく、彼女が妊娠しているのは事実だ。こんな状況が彼女の体にいいはずがない。

「さあ、座って。お茶でも飲まないか？」

「お茶なんていらないわ！　私は帰りたいの」

「ロンドンに？　それはいけない。今日の飛行機に乗るのは無理だよ、そんな体で」

その昔から言われている妊婦をいたわる言葉が、彼女の心の壁を崩し始めた。そんな体で――できることなら彼女を愛している夫に、足元を気遣って彼女の背中に優しく手を添えながら言ってほしい言葉だ。自分の行いの結末も考えず、復讐（ふくしゅう）のために彼女の体を求めるような男性からは言われたくない。

でも、事の結末を考えずに欲望に身をまかせたのは私も同じだわ。

そして、こんな生き方だけはしないと誓った生き方をしようとしている。シングルマザーになれば、精神的、経済的な苦労がこの肩にかかってくるだろう。

キャサリンは自分の子供のころを思い出した。母は彼女がほかの子供たちと変わりない生活ができるように仕事を二つ、ときには三つもかけ持ちして生計を立てた。もちろん、自分の境遇がほかの子供たちと違うことはわかっていたし、それを指摘する子供もいた。だがキャサリンは衣食住に困ることもなく、いつも母の愛に包まれていた。

キャサリンは母に出会いがあることを願っていたが、その出会った相手は彼女を邪魔者扱いした。あからさまにいやがらせをされたわけではないが、たまに彼の視線からうかがえる敵意はキャサリンを震え上がらせた。

母も気づいていたに違いない。ある日、学校に彼女を迎えに来た母は少し青ざめた顔で震えながら、その男性とは結婚しないと言った。キャサリンは喜んで母に抱きつき、二人は近くのカフェでお茶を飲んだ。それきり、その男性の名前が口にされることはなかった。

大人になったら、それまでの母の苦労や犠牲に対する恩返しをしたいと何度思ったことか。イギリスで一番有能なジャーナリストになりたいと願い、いずれはベストセラー作家になりたいと思ったこともある。母のために家を建て、母に安心して老後を送ってもらいたいと。

それなのに今、私は母の夢と期待を裏切り、自分自身の夢をあきらめようとしている。

ここを出て、どこか暗いところで一人で泣きたい。だが、フィンはまだドアの前に立ちふさがっている。

「帰らせてくれる?」

「どうかな?」

キャサリンは冷たい目で彼を見据えた。「大声で叫んでもいいのよ。あなたが私をレイプしていると思って、警備員がすぐに飛んでくるでしょうから」

フィンは開きかけた口を閉じた。今はめったなことは言わないほうがいい。「座るんだ」

「いやよ。座らないわ」

「座るんだ。それとも無理やり、僕に座らせられたいのか?」

まるで小さな苗木が竜巻に立ち向かうようなものだ。キャサリンはため息をついた。フィンは本気だ。それに彼女は今、何よりも腰を下ろしたかった。横になれるなら、なおいいけれど。

キャサリンは腰を下ろして目を閉じた。「私を一人にして」

「そうはいかないね」彼はそっけなく言った。「ここは僕のオフィスだ」そしてインターコムのスイッチを入れる。「サンドラ、お茶を持ってきてくれないか? なるべく濃いお茶と、何か食べるものも」

「あなたの大好きなチョコレートケーキがいいかしら?」サンドラが意地悪そうに言う。

「いや、もっとおなかにたまるものがいいな」フィンはキャサリンのこけた頬を見やった。

「栄養がたっぷりとれるような大きなサンドイッチか何か」

「ランチを抜いたの、フィン?」サンドラはくすくすと笑った。

「急いで、サンドラ! 頼んだよ」

「はい、すぐに!」むっとした声が返ってきた。

フィンは険しい表情で、目を閉じたままのキャサリンを見下ろした。「眠ってしまったのかい?」

「いいえ。あなたの顔を見たくないだけ」

「赤ん坊が僕にそっくりだったらどうする?」

キャサリンは目を開け、フィンのハンサムな顔を見ても何も感じるまいとした。「きっと女の子だわ。あなたには似ても似つかない女の子! それに、もし子供があなたに似ていたとしても……」

「似ていたとしても?」

「私は子供を愛するわ。贅沢はさせられなくても、私は愛情だけはたっぷり注いであげられるわ、フィン・ディレイニ! さあ、もう行かせてちょうだい。それとも私をここに監禁するつもり?」

彼はあくまで冷静に、なだめるように言った。「君が落ち着くまではどこへも行かせないよ」

「それにはあなたから離れるのが一番だわ！」

ドアを軽くノックする音がした。「入って、サンドラ」

冷ややかな顔をしたサンドラが入ってきて、トレーを部屋の隅のローテーブルに置いた。

「ほかに何かご用は、フィン？」

彼は首を横に振った。「いや、これだけでいい。ありがとう、サンドラ」

「どういたしまして」

サンドラの皮肉っぽい口調に気がついたが、別に驚くこともない。サンドラはもう何年も彼のそばで秘書として働き、常に冷静に、私心にとらわれずに仕事をする彼をずっと見てきているのだ。

「キャサリン？」

「何？」

「砂糖は？」

あまりの皮肉に思わずキャサリンは笑いだしそうになったが、現実はちっともおかしくないのを思い出し、怒りに満ちたグリーンの瞳をフィンに向けた。それは彼だけでなく、自分に対する怒りでもある。

「おかしいと思わない、フィン？　私はあなたの子供を妊娠しているのに、あなたは私がお茶に砂糖を何杯入れるかも知らないのよ！　ミルクを入れるかどうかも！」この感情の起伏の激しさはホルモンのアンバランスのせい？　それとも私が置かれているとんでもない状況のせいかしら？

「それで、砂糖は」フィンは穏やかな口調で尋ねた。「入れるのかい、入れないのかい？」

「普段は入れないわ。でも今日は二杯入れて」急に甘くて熱い紅茶が飲みたくなった。

「それとミルクもたっぷりね」

お茶をいれ、フィンはボリュームたっぷりのサンドイッチを差し出した。

「何も食べたくないの」

「好きにすればいい」

ハムサンドはいかにもおいしそうに見える。そういえば昨日、真夜中にりんご三個を平らげてから何も食べていない。おなかが鳴り、キャサリンは我慢できずにサンドイッチに手を伸ばした。フィンに何か言われると思って身構えていたが、彼は黙って向かいに座り、お茶を飲んでいた。

サンドイッチを食べ終えたキャサリンの頬に少し赤みが戻ったのを見て、フィンはほっとした。「それで、これから僕たちはどうすればいい？」

「言ったでしょう、私はロンドンに帰るわ」

「それはだめだ」フィンは首を横に振った。「突然僕のところにやってきて、こんな重大なニュースを伝えておいてさっさと帰ることはできないよ」

「あなたに私をとめることはできないわ！」

「確かにそうだが、君はなぜ今日ここへ来たか、まだ話していない」

「そんなこと、言うまでもないと思うけど」

「そうかな。電話で話してもよかったし、手紙を書いてもよかったのに」ブルーの瞳が挑戦的に光る。「どうしてそうしなかったんだい？」

今さら隠して何になるの？　もし私が自分の職業を隠していなければ、彼が名刺をくれることはなかっただろうし、名刺がなかったら、私はあの日彼を訪ねることもなかった。そして、こんな結末を迎えることもなかったのに……。

キャサリンは首を横に振った。後悔するのは時間の無駄だ。

「信じてくれるかどうか自信がなかったから」

「会えば信じると思ったのかい？」フィンは眉をひそめた。「どうして？　君は妊娠しているようには見えない……」キャサリンがコートのボタンを外し、彼を正面から見据えた。

彼はその場に凍りついた。

スリムな体が妊婦特有の丸みを帯びている。フィンは言葉を失い、まじまじとその体を見つめた。

「会って話をするべきだと思ったの。本当に妊娠していることを見てほしかったし」ショックに見開かれたフィンの目を彼女は見返した。「それに、簡単に手紙に書ける内容でもないでしょう？」

　フィンは彼女に裏切られたことをあえて思い出し、皮肉っぽく言った。「ジャーナリストの君にも？」

「ジャーナリストの私にも」目頭が熱くなり、キャサリンは唇をかんだ。「フィン、もう一つの真実も伝えたい。たとえ信じてもらえなくても、話しておかなくては。編集長が私たちが知り合ったことを知って私をダブリンに行かせたのは事実よ。そして彼女はあなたの記事を書くように命令したわ。でも私は断ったの」

「だったら、あの記事は僕の妄想なのかい？」

「いいえ。でもあの記事は私が書いたものではないし、お金も受け取っていないの」

「そうなのかい？」皮肉のこもった口調で続ける。「それなら僕のフラットの内装は彼らが想像しただけなんだね？　それに君がベッドでの僕をどう評価したかも彼らの想像ってことかい？」

「私は取り乱していて、編集長に何をしゃべったかよく覚えていないの。でもまさか彼女がそれを記事にするとは思ってもいなかった」

「ジャーナリストにしてはずいぶん軽率だな」冷ややかな口調とは裏腹に、フィンの胸の鼓動は高鳴りだしていた。もしキャサリン自身が本当にだまされていたとしたら、事情はまったく今と違うことなる。つまり、僕のしたことは耐え難いほど残酷なものだ。

「こんな話をしても仕方がないわね」キャサリンはため息をついた。「心配しないで、フィン。私は子供を理由に何かを要求しているわけではないの」

「それは君一人が決めることじゃないだろう?」フィンは静かに言った。

「どういうこと?」キャサリンの顔に不安がよぎる。

「僕も何かしたいんだ」彼は厳しい表情で言った。「この子は僕の子供でもあるんだからね、キャサリン。僕にその事実を知らせに来たことで、君はいやでも僕を巻き込んでしまった。いいね、スイートハート、僕もかかわりを持つつもりだよ」

9

キャサリンは驚き、まじまじとフィンを見ている。

「僕が〝わかった、君は僕の子供を産むんだね？　じゃ、この小切手を持って帰ってくれ〟とでも言うと思っていたのかい？」

「さっきも言ったけど、私はお金のためにここへ来たんじゃないわ！」

「だったら、なんのために来た？　きみはその理由をまだちゃんと答えていない」

キャサリンは膝の上に落とした視線をまたフィンに戻した。その瞳は決意を秘めたようにきらめいている。「私が自分の父親を知らないからよ」

気まずい沈黙があった。「お父さんは亡くなったのかい？」フィンがおもむろに尋ねた。

キャサリンは首を横に振り、真っすぐに彼を見据えた。「母はシングルマザーだったのよ、フィン」

「キャサリン」フィンは穏やかに言った。「それはそんなに大した問題じゃないだろう？」

「今はそうかもしれないけど、私が子供のころは違ったわ」

「一度もお父さんに会ったことがないのかい？」

「一度も。生きているかどうかもわからないわ」キャサリンは冷静に話した。「その人は母ではない女性と結婚してたの。私はその人を知らないし、その人も私とかかわろうとはしなかった」彼女の瞳はさっきよりも強い光を放った。「だから自分の子供には同じ思いをさせたくなかったの」

キャサリンは捨てられたと感じたに違いない。フィンの胸は痛んだ。「すまない……」

「やめて！」キャサリンはこぶしを握り締め、流れそうになる涙を抑えた。「私の生い立ちに同情してくれなくてもいいのよ、フィン。だって、とても幸せだったんですもの。ただ……」

「君の生い立ちに同情したんじゃない」彼は重々しく言った。「僕の分別のなさを詫びようとしたんだ」

二人の目が合った。「分別がなかったのはあなただけじゃないわ。私たちは動機が違っただけよ。あなたは復讐が目的だった。そして、それを最も効果的な方法でやり遂げたわ。そうじゃない？」

そうだろうか？　僕はそれほど冷酷だったのか？　最初は花を届けて怒りをぶつけるだけのつもりだった。ところが彼女に会い、彼女の体に触れたら、理性も本来の目的も忘れてしまった。そう説明しても言い訳にはならないだろう。でも、本当にそうだったのか？

自分のとった行動を少しでも正当化しようとしているだけじゃないのか？

「キャサリン、君が僕に及ぼす効果は絶大なんだ」今でさえ、こんな状況の中でさえ、漆黒の髪とグリーンの瞳を持つキャサリンを魔女のようだと考えている。もしくは猫だ。僕を思いどおりにしてしまう、セクシーな雌猫。二人にはどんな子供が生まれるだろう？黒髪の、熱い情熱を秘めた子供？「絶大な効果を及ぼすんだよ」フィンは彼女の目をじっと見つめた。

キャサリンは彼の魅力に、その熱いまなざしに心を奪われまいとした。「そうね。どうして私があなたに絶大な効果を及ぼすか、私たちは知ってるわ」

フィンは疑わしげに彼女を見た。「相性の分析でもしようというのかい？」

「分析なんかじゃないわ。まったく別の話をしているの」挑戦的に彼を見返す。

「それはぜひ聞きたいね」

「あなたみたいに秘密主義で有名な人が、どうしてあんな軽率な行動をとったか、あなたもわかっているでしょう」

キャサリンのひと言が引っかかった。そんなふうに言われたのは初めてだ。「軽率？」

「だって、そうでしょう？　少しでも私のことを知ろうと思ったら、私がジャーナリストだとすぐにわかったはずよ。そしてあなたは私を避けたはず」

「君こそわざとその話題を避けていたじゃないか、キャサリン。それは君も認めるだろう？」

「ええ、そうよ。自分の仕事に関してはいつもそうしてるの。ジャーナリストに対して偏見を持つ人は大勢いるから」

「理由はわかるだろう？」彼は皮肉っぽく応じた。

「でも何もかもあっという間のことで、お互いをよく知る時間もなかったでしょう？　あなたはいつもあんなにすぐに女性とベッドをともにするの？」

「とんでもない」ブルーの瞳を嘲るようにきらめかせて彼は言い返した。「君は？」

「絶対にしないわ」キャサリンは深く息を吸った。フィンが信じるかどうかはどうでもいい。彼の倫理観などどうでもいい。私は立派な母親になってみせる。「でも、あなたは私を知る必要なんてなかったんじゃないかしら」

「どういう意味だい？」

「わからない？　それならはっきり言ってあげるわ。あなたがあんなに私をベッドに誘いたがったのは、私があなたの初恋の人に似てるからよ！」

「僕の初恋の人？」

「ディアドゥラ・オウシェイよ！　私が彼女に似ていないって言える？」

　キャサリンの言葉を理解するのにしばらく時間がかかった。やっとのみ込むと、フィンはかっとなったが、彼女が妊娠していることを思い出して自分を抑えた。

「確かに少し似ているかもしれない」慎重に言葉を選んで言った。「だが、それがどうかしたかい?」

「どうかしたか、ですって?」キャサリンは激怒してフィンを見た。「それが女性にとってどれだけの侮辱かわからないの?」

「侮辱? 黒髪でグリーンの瞳の女性に惹かれて、何がいけないんだ、キャサリン? 君だって僕みたいなタイプの男に魅力を感じるんじゃないか? それが普通だろう? 人にはそれぞれ好みというものがあるんだから」

私は違うと言ったら、どう思われるかしら? ピーターは外見も性格も、フィンとは正反対の男性だった。ピーターの存在感はそれほど強くなかったし、カリスマ性もなかった。何よりもピーターは、熱っぽく輝く瞳だけで私をとろけてしまいそうな気持ちにさせることはできなかった。

「私を彼女だと思おうとしたの? 目を閉じて、私を彼女だと思っていたの?」

「キャサリン、僕は目を閉じなかった」フィンは真剣に答えた。「僕はずっと君を見つめていた。覚えてるだろう?」

キャサリンは覚えていた。はっきりと覚えている。彼の指先と同じように私の体を愛撫する彼の視線。私の肌をシルクとクリームにたとえて称賛した彼のささやき。

「君はどうなんだい?」突然フィンが尋ねた。「君は自分のしたことをどう正当化するんだ？　あれは君を傷つけた男を忘れるための一つの手段じゃなかったのかい？」

キャサリンは口を開いたが、声が出てこない。

「ピーターさ」フィンはおもむろに言った。「君を捨てた男だよ」

キャサリンは息をのんだ。「どうしてピーターのことを知ってるの？」

「あの記事を読んだあと、君のことを調べさせたんだ。それですべてのつじつまが合った。君みたいに超然とした女性が、いとも簡単に僕とベッドをともにした理由がわかった。君は別れたボーイフレンドに仕返しをしたかったんだ、そうだろう？」

そう信じさせておこう。事実を打ち明けるくらいなら、彼に非難されるほうがましだ。あのとき、私はフィンに夢中でピーターのことなど考えもしなかった。この事実はキャサリンを苦しめこそすれ、救いにはならない。

キャサリンは疲れ果てていた。もう耐えられない。

「過去を思い出して何になるの？　もうすんでしまったことよ。あとはその結末を受け入れるだけ」

「今日はロンドンに帰らないほうがいい」フィンが唐突に言った。

「どうしてだめなのか、納得できる理由を教えて」

「君は疲れている。それに話し合うことがまだ残っている」ブルーの瞳を決意にきらめかせ、フィンは静かに続けた。「僕たちの行動に結末があるように、君が今日ここへ来たことにも結末がある。さあ」彼は立ち上がった。「行こう」

「どこへ?」

「僕のフラットだ。君が少し休んだあとで話をしよう」

フィンの決意が固いから首を縦に振るわけではない。私は妊娠しているんだもの、彼の勧めに応じてもいいはずよ。

「わかったわ」キャサリンはうなずいた。


フィンは窓辺に立ち、遠くを流れるリフィー川を見ていた。川は空の色を映して、今日はグレーだ。彼の重苦しい気持ちも映しているように。

キングサイズのソファで眠っているキャサリンをそっと振り返って見る。彼女はここに来てからずっと睡魔と闘っていたが、ついにあきらめて眠りに落ちた。

中国製のシルクのクッションに広がる黒髪が、くっきりと映えて見える。長いまつげが美しいアーチを描いて頬に影を落としている。子供のように安らかで無邪気なその寝顔から、ゆるやかなカーブを描く腹部へと視線を移す。

子供か。

一瞬、喜びに似た感情が胸にわき上がった。

子供が生まれるんだ!

ただの子供ではない、僕自身の子供。

事情はどうあれ、新たな生命の創造は奇跡だ。僕の子供の小さな心臓が、この女性の中で動いているなんて。

この、まだよく知りもしない女性の中で。

ただ、今まで出会ったどの女性よりも、彼女の体はよく知っているような気がする。

キャサリンが目を開けると、フィンが見下ろしていた。一瞬自分がどこにいるのか、何が起きたのかわからずにとまどったが、すぐにすべてがよみがえってきた。

私は今、フィンのフラットにいる。妊娠を伝えると、意外にも彼は疑いもせずに事実を受けとめてくれて……。

キャサリンは起き上がってあくびをした。「眠ってしまったわ」

「そうだね」フィンは腕時計に目をやった。「一時間くらいかな。君には睡眠が必要だったみたいだ」

一時間も！「そんなに？」キャサリンはまたあくびをした。昼間にぐっすり眠ってしまうなんて久しぶりだわ。乱れた髪を手ぐしで整えながら、彼女は思った。これから起こる変化に慣れていかなくては。彼女はフィンの冷静で堂々とした顔を見上げた。「これから私たちはどうするの？」

フィンは見落とすくらい小さくうなずいた。私たち、と彼女は言った。二人で一つの単位なのだ。恋人であろうと夫婦であろうと、またどんなに長いつき合いの二人であろうと、常にその関係のはかなさに不安を抱いている。だが二人は違う。キャサリンと僕の関係は、この先一生続くものだ。子供の母親と父親として。

「ロンドンでの君の生活について聞かせてくれないか」フィンは唐突に切り出し、彼女の向かいのソファに腰を下ろして、長い脚を前に投げ出した。

キャサリンはまばたきした。「どんなこと？　私の住んでいるところはもう知っているし」

「ああ、町の真ん中にある寝室が一つだけのフラットだ。子育てにはあまり向かない環境だな」

それに反論しないだけの客観性は失っていなかった。「そうね、向いてないわ」

「仕事は？」フィンは続けた。「『ピザズ！』か」苦い薬を吐き出すようにつぶやく。「産休はあるのかい？」

キャサリンはためらった。もちろんフィンは知らないはずだ。「もう仕事はないの」彼が驚いて顔を上げた。「いいえ、働いてはいるけど、産休はもらえないわ。私……フリーになったの」

「いつから？」フィンが尋ねる。「妊娠に気がつく前からか？」

「当たり前よ！　私はそこまで愚かじゃないわ」

罪悪感が彼の胸をえぐった。「ほかに安定した仕事はないのかい?」

「こんな状態で定職につけるわけがないでしょう。妊婦をだれが雇ってくれるの? 〝キャサリン、ぜひ君を雇いたい。もちろん、数カ月したら産休を取らせてあげるよ〟なんて、だれが言うの?」

まぶしすぎるほどの美しさを無視し、高まる気持ちを抑えて、フィンは彼女を見つめた。

「それなら、どうやって子供を育てるつもりだい? ロンドンで、定収入もないのに」

「決めてないわ」

「さも選択肢があるような言い方だね、キャサリン。君は選べる立場にないように思えるが」

「なんとかするわ」母はそうしてきた。私だってやればできるはずよ!

フィンは自分が拒むことのできなかった美しい女性をしげしげと見つめた。二人の人生はもう今までと同じではない。

「君のお母さんはどこに住んでいるんだい?」彼の問いかけに、キャサリンはぎょっとした。フィンは人の心が読めるのかしら?

「デヴォンよ」

「そこに行くことは考えてないの?」

キャサリンは身震いした。デヴォンに戻って、村の人たちに歴史が繰り返されるさまを見せつけろというの？　意気揚々と出ていった娘が夢破れ、妊娠して舞い戻り、苦しい生活をするのを？　それに、今さら母のもとには帰れない。ボランティアをしながら自立した生活を楽しんでいる母に、妊娠を告げ、面倒をかけることはできない。「母には重荷だと思うわ」

これで一つ選択肢が消えた。「ロンドンに知り合いはたくさんいるのかい？」

キャサリンは肩をすくめた。「ロンドンに住んで二年くらいだから、ある程度はいるわ。会社の同僚とか。辞めた会社の同僚だけど」仕事上のつき合いでは、一度会社を辞めてしまうと事情が変わってくるのは仕方のないことだ。「少しは親しい友だちもいるし」

「その友だちに子供はいるのかい？」

「まさか！　みんなやり手のキャリアウーマンよ」

「子育てをするには寂しい環境みたいだな」

「だから、なんとかするわ」

「そのプライドは立派なものだ、キャサリン」フィンはそっけなく言った。「だが今は自分のことだけ考えていればいいというわけにはいかないんだ。そんな生き方を無力な赤ん坊に押しつけるのは不公平じゃないか？」

「なんだか私が残酷みたいな言い方ね！」キャサリンは反論した。「都会で子供を育てている女性はいくらでもいるわ。しかも、みんな幸せに」

「彼女たちには助けてくれるパートナーか家族がいるだろう。君とは違う」

「でも……」

「ただ、彼女たちには信用できるもう一つの選択肢はない」フィンは彼女の言葉を遮って続けた。「君にはそれがある」

フィンの声に厳粛で真剣な響きを感じて、キャサリンは思わず姿勢を正した。次の言葉を早く聞きたい気もするし、一方で不安も隠せない。「どんな？」

「ここに住めばいい。ダブリンに」

まるで不思議なものを見るように、キャサリンは彼を見つめた。「頭がおかしくなったんじゃない？」

「確かに僕が言っていることは普通ではない。だが僕たちの話し合いの内容からすれば、驚くほどのことでもないだろう」フィンは淡々と続けた。「合理的であることは確かだ。考えてみてくれないか」キャサリンが反論しようとして、もう口を開きかけている。

「考えたわ。三秒でそんな提案は断る結論に達したわ！」かっとして言い返しながらも、胸の鼓動を高鳴らせている自分がいやだった。

「いいかい」フィンは彼女の言葉を無視して続けた。「ダブリンはすばらしい町だ……」

「関係ないわ！　あなたとは暮らせない。そんなこと無理なのは、あなたにだってわかるでしょう？」

奇妙な沈黙が続いた。「ここで一緒に暮らそうと言っているわけではないんだ、キャサリン」

床に大きな穴が空いて、私をのみ込んでくれたら！　キャサリンは力なく言った。「そう、それならいいのよ」声が不安そうに聞こえないといいけれど。「じゃ、どこで暮らせばいいのかしら？　郊外に未婚の母たちが集まって暮らす家でもあるっていうの？」

「海辺に小さな家を持っているんだ。グレンダーロッホの近くのウィックローという町で、車ならすぐだ。空気もきれいだし、のんびりしていて、君が赤ん坊と暮らすにはちょうどいい場所だ」

きっとオアシスのような場所なのだろう。「急にそう言われても……わからないわ」

キャサリンの声にためらいを感じたフィンは、結審前の弁護士のように雄弁に語った。「君はロンドンで一人暮らしをしている。それと何が違うんだ？　それに君がそこで暮らせば、僕も週末には会いに行ける」

意思に反して、胸の高鳴りがまた激しくなった。フィンは責任感だけで会いに来るのね。彼女は首を横に振った。「だめよ」

「ほかにも理由はある」

キャサリンは顔を上げた。おなかにいる子供の父親の目を見ることが、こんなにせつなく、うれしくなければいいのに。「どんな？」

「その町には僕の友人が住んでいる。パトリックとエイズリングという夫婦だ。エイズリングを君に紹介しよう。彼女もきっと喜ぶだろう。彼らには子供が三人いるから、君も心細くないと思うよ」

エイズリング？

その名前には聞き覚えがある。あの日、フィンのフラットを出るときに聞いたんだわ。エイズリングという女性が、ゆうべはいったいどこに行っていたのと怒ったような声でメッセージを留守番電話に残していた。私のせいでデートをすっぽかされた女性だとばかり思っていたけれど。

「エイズリングという名前の知り合いはほかにもいる？」

「いないけど、どうして？」

「別に、なんでもないわ」

フィンはウィックローのすばらしさについて話を続けた。実際に行けば、キャサリンもきっと気に入るだろう。「それに、僕の叔母も住んでいるしね」

「あなたの叔母さま？」

「そう。叔母は……まあ、特別な女性だ」

キャサリンはつばをのみ込んだ。かわいい甥(おい)をだまして妊娠したずるい女性に対して、フィンの叔母がどんな態度をとるかは目に見えている。

ない?」

「できないわ、フィン」キャサリンはためらいがちに言った。「みんな、変に思うんじゃ
「たぶんね。だれも僕の口から君の話を聞かされたことがないから、急に僕の子供を妊娠している君が現れたら、みんな驚くさ!」

「あなたの評判はがた落ちになるわね」

「僕の評判はどうでもいいさ」フィンは優しく言った。「君の評判を考えているんだ」胸の奥で頭をもたげた責任感に、彼はひるむことなく真正面から向き合おうとしている。

「ただ、一つだけ、今の君の評判を守る方法がある」

キャサリンは当惑した顔で彼を見た。「どんな方法?」

「僕と結婚するんだ」

気が遠くなるような沈黙が続いた。心臓が締めつけられるような感じがする。「冗談のつもり?」キャサリンの声はかすれた。

フィンは首を横に振った。「考えてみてくれ、キャサリン。それが一番道理にかなっている。まず第一に、君は安心して暮らせるし、子供にも安定した生活が保障される」

ほかの女性なら、これを金銭的な問題として考えたかもしれない。けれどキャサリンは——彼女のような経験をしてきた女性は違う。

キャサリンは自分の死について今まで考えたことはなかった。だが今は、考えざるをえ

ない。

私が突然死んでしまったら、子供の面倒はだれが見てくれるの？

もしフィンと結婚したら……。

澄んだ大きな目でキャサリンは彼を見た。「あなたにとってはどんな利点があるの？」

「賢いジャーナリストの君ならわかるだろう？」皮肉っぽく言ったが、すぐに真顔に戻った。「元愛人という立場だったら、僕は口出しできないが、君の夫としてだったら、子供に関して意見が言える。すべて正当化される」二人の視線が絡み合う。「それに君は自分と同じつらい思いを子供にはさせたくないと言っていただろう？　何が起ころうと、結婚すれば子供は僕の名前を継ぐ。いずれは僕の財産も」

「つまり、昔ながらの便宜結婚ってことかしら？」

「いや、今時のというべきかな」

わざとあいまいな言い方をしているみたい。「どういう意味？」

「好きなように解釈すればいいさ。ルールはその都度考えればいいんだ」

「それで、この結婚はどれくらい続くの？　まさか一生ではないでしょう？」

「たぶんそうではない」

「あなたがいやになったら？」

「君がいやになったら？」

「どっちでもいいわ。もしその状態をもう続けられないと思ったら……」

「少し急ぎすぎじゃないか？　大切なことは子供が生まれてから決めても遅くはないだろう？」

輝くようなフィンの笑顔を見て、キャサリンの胃がきゅっと締めつけられた。彼は自分の笑顔が、どんなに理性のある女性でも狂わせてしまうと知っているのかしら？

「どうだい、キャサリン？」

キャサリンはすべて一人でやっていくことを考え、初めて恐怖を覚えた。自分が無力で無防備に思える――でも、それは自然なことじゃない？

フィンは強く、たくましく、頼りになる。私に対する感情は別にして、彼は私を守ってくれる。キャサリンは本能的にそう感じた。とりわけ妊婦は本能的に物事を決断するのだ。

キャサリンはフィンを見た。彼女に選択肢はないと彼は言った。ある意味で彼の言葉は正しい。責任感のあるまともな女性であれば、だれもがキャサリンと同じ答えを出すに違いない。

「いいわ、フィン。あなたと結婚するわ」

10

結婚式の準備は大変だった。式は秘密裏に、かつ速やかに行われなければいけない――新婦が妊娠していることがわかれば、マスコミが群れをなして押し寄せるだろう。フィンはそれを避けたかった。もちろん、キャサリンも同じだ。

だが準備は映画のように簡単にはいかなかった。

「アイルランドでは無理だ」受話器を置きながらフィンが険しい表情で言った。「三カ月前に書面で結婚の申請をしなくてはいけないらしい」

「知らなかったの?」

「当たり前だろう」ブルーの瞳が冷たく光る。「僕は一度も結婚したことがないんだから」

今度だって、こういう状況に追い込まれなければ、フィンは結婚していなかったでしょうに。

「イギリスで式を挙げるしかないな。七日間滞在すれば、結婚の申請ができる。それから十五日たてば、結婚できる」

まるで手術を受けるために入院する患者の話をしてるみたい。キャサリンは顔をそむけた。

二人は一緒にイギリスに戻り、フィンはホテルにチェックインした。電話で何度か簡単な打ち合わせをすることはあっても、暗黙の了解で、結婚式当日まで二人が顔を合わせることはなかった。

キャサリンはこの三週間、普段どおりの生活を心がけた。友人に会い、原稿も書いてみた。母に会いにも行った。その間ずっと、だれにも重大な秘密を打ち明けなかったが、不思議とだれも気がつかなかった。

結婚式当日、キャサリンは心からほっとしていた。これで妊娠を隠す必要がなくなる。キャサリンは腕時計をちらりと見た。仕方なく夫になろうとしている男性を待っているのだ。結婚式のために新調したものは何もない——とてもその気になれなかった。お気に入りの紫色のタイトなドレスは、丸みを帯びてきた体をセクシーに見せている。丈の長いジャケットが腹部を隠してくれるのがありがたい。

緊張した面持ちでドアを開けたキャサリンを見た瞬間、フィンの心臓の鼓動が乱れた。

「僕のためにほほ笑んで、キャサリン」フィンはささやいた。

言われたとおりに口角を少し持ち上げ、彼女は笑顔を作った。ブルーの瞳に誘惑されまいとしながら。

「ロマみたいだ」銀の大きな輪のイヤリングをつけている彼女を見て、フィンは言った。

「ほめているの、それともけなしているの？」

「ほめているんだよ」フィンは窓辺に歩み寄り、外を眺めた。相変わらず体がキャサリンを求めてしまう。だが今の二人の間には埋められそうもない感情の溝ができ、親密な関係になるなど無理な話だ。彼は腕時計に目を落とした。「もう出られるかい？」

キャサリンはまた緊張感に襲われた。ダークスーツと雪のように白いシャツに身を包んだフィンはあまりに魅力的で、これが偽りの結婚だということを忘れそうになる。キャサリンが本当の新婦ではないように、彼も本当の新郎ではないのに。「フィン、今ならまだやめられるわよ」

「君はやめたいのかい？」

もちろん、やめたかった。魔法の杖(つえ)をひと振りして、今までの人生に戻れたらと思う気持ちもある。この魅力的な男性に抱き締められ、化粧が落ちるほどキスの雨を降らされて、君と結婚しないではいられないと言ってほしい気持ちもある。

もちろん、フィンはそんなことはしない。そういう結婚ではないのだから。これは、便宜結婚なのよ。今時のであろうとなかろうと。そう思うと、ホルモンのアンバランスのせいで、ヒステリックな笑いがこみ上げてくる。

「相手がピーターだったらよかったかい？」突然フィンが尋ねた。

「ピーター？」恐ろしいことに、一瞬ピーターがだれだったか思い出せなかった。

　キャサリンの反応を見て、フィンは唇を引き結んだ。元恋人をもう忘れてしまったのか？「そう、ピーターだ。君がつき合っていた男だよ。どれくらいつき合ったんだ？

四年くらい？」

「三年よ」私がピーターから簡単にフィンに乗り換えたと思っているのかしら？　そう考えるとキャサリンは耐えられなかった。「彼が別れを切り出す前の半年間は会っていなか
　ったけど」彼女はゆっくりと続けた。「それで、もう終わったんだと私も認めたの」大きなグリーンの瞳をフィンに向ける。「仕返しをする理由なんてまったくなかったわ」

「そうか」フィンの体から少し力が抜けた。

「あなたこそどうなの？　結婚するのがディアドゥラじゃなくて後悔してる？」

　フィンは少し間を置いて答えた。「ディアドゥラとのことはずっと昔に終わった」

「質問の答えになっていないわ」

　確かにそうだ。「ずいぶん昔の話だ」彼は肩をすくめた。「僕たちはお互い十七歳で、初めての恋人だった。関係は自然に終わり、彼女はハリウッドに行った。それだけだ」

　フィンは初恋の話をしているんだわ。キャサリンの胸は締めつけられた。多くの人にとって、美化された初恋にかなう恋などないのかもしれない。初恋に勝るものはない。あの現実的なミランダでさえ、そう言っていた。

「そう」

フィンは彼女を見つめた。「やめるなら今だよ」

「いいえ、喜んで結婚するわ」

「そうは見えないな」彼は優しく言った。「喜んでいるように見せるには、もっと努力が必要だ」

つややかな唇に笑みを浮かべる。「どう？」

「完璧(かんぺき)だ」答えながら、フィンは体の奥にうずきを感じていた。このうずきが新婚初夜に癒(いや)されることがないのはわかっていた。

式が終わるとすぐに、二人はアイルランド行きの飛行機に乗ることになっている。そして、空港からは車で彼女をウィックローまで送っていく。

週末が終われば、フィンはダブリンに戻る。

フィン一人で。

飛行機の中で、フィンはシャンペンを勧めたが、キャサリンは首を小さく振って断った。とても弱々しいその表情が、シャンペンで祝うことなど何もないと語っているようだ。

このグリーンの瞳とばら色の唇に惑わされてはいけない。フィンはずっとそう自分に言い聞かせてきた。キャサリンには魔力がある。この美しさとみずみずしさに惑わされて、男性はその本性を見抜けないのだ。雑誌に記事を書いてフィンを侮辱したのは彼女ではなかったかもしれないが、自分がジャーナリストであることを隠していたのは事実だ。

「お母さんは、君が黙って結婚したことをおかしいと思わないかな?」ダブリンを出発し、海辺に向かう車の中でフィンは尋ねた。

「最近は内緒で結婚式を挙げる人が多いわ」

「理由を知りたがらないかな?」

「本当のことを話すしかないわ——妊娠したって」抑揚のない声で続ける。「母はわかってくれるわ」そう、このことに関しては理解してくれるはずだ。

「それで、結婚の報告はいつするんだい?」

「そうね……落ち着いたら」

「近いうちに?」

キャサリンはうなずいた。「二、三日したら連絡するわ」彼女はフィンの横顔を盗み見た。「あなたは叔母さまやお友だちにもう話したの?」

アクセルを少しゆるめ、フィンは首を横に振った。「結婚式に出たいと言いそうだったから」

みんなが式に出ていたら、二人の意思に関係なく、もっと華やかになっていただろう。

登記所の係官に続いて結婚の誓いを口にしたとき、キャサリンは胃が締めつけられるほど緊張していたが、なんとかフィンと同じように感情を押し殺した声を出すことができた。「とてもお似合いのカップルですね」登記官は目を輝かせて言った。「さあ、新婦にキスを」

フィンはキャサリンに目を向け、驚いたように大きく見開かれたグリーンの瞳を見て、皮肉っぽい笑みを浮かべた。「期待に応えなくてはね」彼はささやき、そっと唇を重ねた。

純粋なキスだった。体を重ねる前の激しくむさぼるようなキスとはまったく違う。でも胸を刺すようなつらいキスでもある——優しいけれど、これは偽りの約束だから。フィンの唇は蜜のように甘く滑らかで、触れただけで彼女の背筋に震えが走った。これが愛を誓う本物のキスだったら……。

普通なら新婚夫婦は気持ちを抑えられず、真っすぐベッドに向かい、結婚の儀式を締めくくるのだろう。でも私は海辺の家に送り届けられるだけ——おなかの中に子供がいる間は、たった一人で過ごす家に。

そして、そのあとは?

フィンの首に腕をまわしたい衝動を抑えて、キャサリンは彼から体を離し、二人を見守っている登記官にぎこちない笑顔を向けた。

眠ったように静かな通りを抜け、二人は夕方、ウィックローに着いた。フィンの家は小さな町の外れにあり、まるで大昔からそこに立っているような、地味な石造りのコテージだった。

「ああ、すばらしいところね、フィン」キャサリンは潮の香りのする空気を吸い込んだ。ロンドンの小さなフラットと比べると本当に健康によさそうだ。

そしてキャサリン自身も健康そうだった。妊娠しているせいか、顔が内側から輝いて、弱々しいようにもたくましいようにも見える。フィンは思わず彼女を抱き上げ、輝くブルーの瞳で見下ろした。

「な、何をするの？」キャサリンは驚いて言った。

「習慣に従おうと思って」彼は頭を下げて低い戸口を通り抜けた。「君を抱いて敷居をまたぐのさ」

フィンはそっとキャサリンを下ろしたが、彼女のウエストからなかなか手を離そうとしない。

「どうしてこんなことをするの？」

「そのうち僕たちの結婚がまわりに知れる。少しは本当の夫婦らしいふりをしないとね」

キャサリンは体を離した。傷ついていた――それがフィンの目的だったのかもしれないけれど。でも私はすべてを承知のうえでこの話に乗ったはずよ。子供のためだけを考えて結婚を決めた。でも、つい夢を抱いてしまう。だれかに見せるための芝居などする必要はなく、本物の夫婦生活ができたらと。

気持ちをまぎらすために、キャサリンは辺りを見まわした。居間には座り心地のよさそうなふかふかのソファが置いてあり、ウィックローの風景を描いた絵があちこちに飾ってある。壁はペンキを塗り直したほうがいいくらい色あせているけれど。

「こっちへ来てごらん」フィンが肩をこわばらせたキャサリンに言った。「見せたいものがある」

居間の奥に、やはり少し古ぼけた小さな部屋があった。キャサリンの注意は広い裏庭が一望できる場所に置かれたデスクに引きつけられた。デスクの上には、まったくその場にそぐわないものが置いてある——パソコン、ファックス、電話、最新式のプリンター。すべてが新品だ。

「君のためにそろえたんだ」フィンが言った。

目の前にある新品に比べたら、今自分が使っているパソコンはアンティークのように見える。キャサリンはフィンに視線を移した。「どうして?」

「結婚のプレゼントだよ」

「私はあなたに何も買っていない……」

フィンは首を横に振った。「君はこんな田舎で暮らすことになるんだから、最新の設備が必要だと思ってね。これでここからでも広い世界とコミュニケートできる」

「自分のパソコンを持ってきたわ」

「そうだと思ったけど、これはスピードとパワーが違う」

「あなたに買ってもらう必要はないわ、フィン！」キャサリンは食ってかかった。

「どうして君はいつもそうむきになるんだ？　僕があの日理性を失わなかったら、君は今ここにいなくてもすんだんだから……」

「わざわざ説明しなくていいわ」彼女は力なく言った。「もう苦しんでいるふりをする必要もないし」

「苦しんでいるふりをしているわけじゃない。僕はただ、君を苦境に追い込んだ責任をとろうと……」

「やめて！　もうやめて！」彼女は怒りに駆られて遮った。「私は妊娠したことを〝苦境〟だなんて少しも思ってないわ。確かに予定外だったけど、こうなった以上、できるだけのことはするわ。何があろうと、この子は幸せになるのよ。別にあなたがすべての責任を負う必要はないわ。非難されるなら、私たち二人ともですもの」

「非難？　偏見を持っているのは君のほうじゃないか、キャサリン？」フィンは意識して一歩後ろに下がった。怒ったときにかすかに開くふっくらとした彼女の唇を奪いたい衝動に駆られたからだ。このままベッドに倒れ込めば、二人の間に鬱積した怒りが少しは和らぐかもしれないという思いが頭をよぎる。「服を着替えたら？」彼は挑発的にキャサリンの体にはりついている紫色のドレスを見やった。この週末、どうしたら理性を保つことができるのだろう?

キャサリンはうなずいた。「そうするわ」

「おいで、二階に案内しよう」

寝室が四部屋あるが、一つはとても小さかった。

フィンは一番広い寝室のベッドの上に彼女のスーツケースを置いた。彼のアフターシェーブローションの香りが漂ってくる。触れられるほど近くにフィンがいると、広い部屋が急に狭く感じられた。

「バスルームは廊下の奥にある」彼は早口に言った。「必要なものはそろっているはずだ」

キャサリンは手早く入浴をすませ、きつくなったジーンズをなんとかはき、ぶかぶかのセーターを着た。階下に下りると、フィンも着替えをすませていた。

「どうかしたかい?」眉をひそめている彼女を見て、フィンが尋ねた。

「ジッパーが上がらないのよ!」キャサリンはウエストを指さしてみせた。

フィンは笑みをこらえた。「当然だよ。マタニティードレスはどこで買えるかな?」

「ピーターパンみたいな襟のついた、まるでテントみたいな服?」キャサリンはうめくように言った。

「いや、最近は違うんだ」フィンが得意げに答える。「どうして知っているの?」

「エイズリングが三人目の子を妊娠したとき、そう言っていたんだ。さあ、お茶をいれよう。そのあとで暖炉に火を入れるよ」

キャサリンはフィンのあとについてキッチンに入り、ひと昔前の設備や茶色のリノリウム張りの床を見て驚いた。古い窓もそのままだ。

「フィン、いつこの家を買ったの？」

彼女に背を向けてやかんに水を入れながら、フィンは答えた。「五年前に売りに出されていた」

あまり話したくないような言い方だ。フィンは何か隠しているのかもしれない。「あなたが気に入るような家には思えないけど……だって、ダブリンのフラットとは大違いでしょう」

「ああ」キャサリンが本能的にネタをかぎつけるジャーナリストだということをつい忘れていた。これ以上話さないほうがいいかもしれない。だが形だけとはいえ、二人は夫婦だし、彼女は僕の子供の母親だ。すべてを隠しておく必要はないだろう。「ここは僕が生まれた家なんだ。七歳まで住んでいた」

キャサリンはフィンをじっと見つめた。まだ何かあるはずだわ。彼の声は痛みを思い出したように低くなった。七歳のときに何があったのかしら？

問いかけるような彼女の目を見て、フィンはため息をついた。彼女には隠してきた僕の生い立ちを話さなくてはいけない。僕の子供を産む彼女には知る権利がある。

「母が亡くなったんだ」彼はガス栓をひねり、マッチを擦って火をつけた。

「そうだったの……」

「僕が生まれてすぐ、父も亡くなっていた。それで僕は叔母に引き取られたんだ」

「まあ、フィン」彼をぎゅっと抱き締めて慰めたかった。だが彼の心は固く閉ざされている。

フィンは突然彼女に背を向け、トレーにティーカップとソーサーを並べ始めた。この話はこれで終わりというように。人に踏み込まれたくない痛みなのだろう。今はこれ以上きかないでおこう。この先も知る機会は訪れないかもしれないけれど、それは私ではなくフィンが決めることだ。

「ビスケットか何かあるかしら?」キャサリンはほほ笑んだ。「おなかがすいちゃって」

フィンはかすかにため息をついた。「戦艦が沈んでしまうくらい食料があるはずだ。エイズリングに買い物を頼んでおいたから。週末は外に出る必要がないよ――もし出かけたくなければ」

キャサリンの顔から笑みが消えた。うれしいのか不安なのか、自分でもわからない。彼はどういう意味で言ったのかしら? 新婚夫婦のお芝居は寝室でも続けられるの?

「座って、キャサリン。すぐに持っていくから」

辺りが暗くなりかけているので、フィンの表情はよくわからなかった。キャサリンはぼんやりうなずき、言われたとおりソファに腰を下ろした。彼にベッドに誘われたらどうしようなんて、悩んでも仕方がない。そんなことにはなるはずがないのだから。

フィンは運んできたお茶をカップについだ。

「今日は砂糖を入れる日かな?」

キャサリンは笑みをこらえた。覚えていてくれたのね。「入れない日よ。やっと普通の食欲に戻ってきたみたい」少し紅茶を飲んでから彼女はカップを置いた。「フィン?」

「なんだい、キャサリン?」

「ここへはどのくらいの頻度で来るの?」

「あまり頻繁には来られないな。週末はもっとここへ来て、新鮮な空気を吸って、静かに生活しようという気持ちはあるんだ。でも……」

「でも?」

「君もわかるだろう? 忙しさに追われて、予定が立たないんだ」

キャサリンにはよくわかった。でも私にとって、それは過去の生活だ。今はまったく新しい人生を歩み始め、新しい未来へ向かおうとしている。子供が生まれるだけではなく、フィンの偽りの妻としてここで暮らすのだ。その役を演じるために何をしなくてはいけないのか、自分が何をしたいのかすらわからないのに。ルールはその都度決めればいいと彼は言ったけれど、そんなに簡単なことかしら？　おなかの子供のことを考えて悩むのをやめ、キャサリンは気持ちを落ち着けてお茶を飲んだ。

フィンはキャサリンの表情が和らぐのを見守っていた。穏やかな聖母のような顔だ。彼女はいくつの仮面を使い分けているのだろう？　それとも、僕が自分の子供の母親としての理想像を思い描いているだけなのか？　辛辣でやり手のジャーナリストではなく、優しくか弱い女性像を……。

すべては証拠で決まる。フィンは自分に言い聞かせた。証拠だけを見るのだ。彼女はいくつかの仮面を使い分けている。女性がだれもそうするように。

フィンは立ち上がった。「暖炉に火を入れるよ」

かごの中の薪を暖炉にくべて火をつけると、めらめらと炎が上がり、日が暮れて暗くなりかけた部屋を温かく照らし出した。キャサリンは非現実的な感覚にとらわれた。ジーンズをはいたフィンの太腿にちらちらと影が躍っている。ギリシアの海辺を走り、海の中で彼女の脚と絡み合った、力強い太腿。

顔を上げたフィンとキャサリンの目が合った。彼女はスリムな体をゆったりとソファに横たえている。そばに行って、キスしたい。彼女の腕に抱かれれば、疑いや不安、二人の置かれている複雑な状況をすべて忘れられるのはわかっている。

だが今夜、キャサリンとまたベッドをともにしたら、状況はさらに複雑になるだけだろう。

キャサリンはぎこちなくすぐに視線をそらしてしまった。もう事情が変わったのだと認めざるをえない。今となっては、キャサリンが僕をあのときのように求めているかどうかさえ確信が持てない。

その晩、キャサリンが荷物を整理している間に、フィンは夕食を準備した。そして彼女があくびをしながら寝室に引き揚げるまで、ラジオを聞いて過ごした。キャサリンの頭の中はフィンのことでいっぱいだった。彼が欲しい、それだけしか考えられない。彼を求める気持ちがなかったら、どんなに楽かしら。

だがキャサリンは大きなベッドで一人、驚くほどぐっすり眠った。翌朝はいい天気で、朝食をすませると、フィンは彼女を浜辺に連れ出した。沖に出ている船を眺めながら砂浜を散歩したあと、二人は叔母の家に向かった。

叔母の家に近づくにつれ、キャサリンの心臓の鼓動はどんどん速くなった。「叔母さまの名前は?」

「フィノーラだよ」

「きっと会ったとたんに私は嫌われるわ」

「僕が妻として紹介する女性を叔母が嫌うわけがないよ。叔母は僕を愛してくれている。

僕の幸せを願っているんだ」

幸せ？　なんて皮肉な言葉かしら。

「フィン、あなたにとっての幸せって何？」

フィンは立ちどまって足元の小石を拾い、真っ青な海に向かって投げた。それから振り返り、海の色より深いブルーの瞳をキャサリンに向けた。

「過程だよ、キャサリン」フィンはゆっくり言った。「結果ではなく、そこにたどり着くまでの過程」

だったら私は今、幸せなのかしら？　そう、幸せだわ。満足しているといったほうが正しいかもしれないけれど。健康で、おなかに子供がいて、美しい砂浜をすばらしい男性と散歩している。このうえフィンとの関係がもっと深まればと願えば、大きな失望が待っているだけだ。幸せは他人に求めるものではなく、自分で探すものだから。

外から見れば、二人は目を引くカップルだろう。二人ともすらりと背が高く、漆黒の髪の色も同じだ。そして彼女の新しい、きらめく金の指輪を見れば、新婚だとすぐにわかる。だが見た目どおりではないという証拠もいくつかある。フィンがいとおしげに彼女にほほ笑みかけることもなければ、もう絶対放さないというように手を握ることもなかった。けれど、それは叔母の家に着くまでの話だ。家の前で彼はキャサリンの手を取り、安心させるように握り締めてささやいた。「大丈夫だよ」

ドアが開き、中から甥の瞳よりはかなり淡いブルーの瞳をした六十代の白髪まじりの女性が出てきた。彼女はフィンの胸までしか背丈がなかったが、精いっぱい彼の背中に手をまわして抱き締めた。フィンが同じように温かく叔母を抱き締めるのを見て、キャサリンの胸は締めつけられた。こんなに素直に愛情を表現するフィンを見るのは初めてだった。

「どういう風の吹きまわし？」叔母は叫んだ。「フィン！　フィン・ディレイニ！」叔母はお説教でもするようにフィンを見ているが、本心でないことはだれの目にも明らかだ。

「どうしてもっと早く来てくれなかったの？」彼女は答えを待たず、興味深げにそのブルーの瞳をフィンからキャサリンに移した。「それで、この方はどなた？」

キャサリンは登校初日の子供のように緊張していた。この女性はフィンにとってとても大切な人なんだわ。この女性に嫌われたくない。

「キャサリンといいます」彼女は率直に言った。「フィンの妻です」

11

フィンの妻。

キャサリンがフィンの叔母の前で口に出してそう言ったのは、このときが最初で最後だった。だがキャサリンは頭の中で何度も何度も、まるでアイスクリームにかけるチョコレートのように滑らかで甘いその言葉を繰り返していた。

ダブリンに戻るフィンを見送った朝も、彼女は本当の妻のように車が見えなくなるまでドアの前に立ち、心の中でこの言葉を繰り返していた。これからおなかの中で育っていく子供とともにここで暮らし、原稿を書き、夜は大きなベッドで眠る――私一人で。

車が遠くの点になって消えてしまうと、キャサリンはのろのろと家の中に戻った。フィンが本当の新婚夫婦のように夜の生活でも夫を演じなくてよかったのよ、と自分に言い聞かせながら。

もしそうしていたら、状況がさらに複雑になるだけだ。いつかは必ず来る別れがつらくなるだけ――もちろん私にとっては。女性は体の関係を持つと、相手の男性により親近感を持つ。その男性の子供が自分のおなかの中で育っていればなおさらだ。

だが体の関係を持たないことで、二人は別の形の親しい関係を築いた。一番望んでいることを禁じられたまま週末を二人だけで過ごすとしたら、何をすればいいのだろう？

二人はよく散歩に出かけた。想像を絶するほど美しい海岸を足取りも軽やかに歩いた。フィンはキャサリンにクリームを塗ったスコーンを食べさせ、家に帰ると昼寝をするよう勧めた。ときどき彼女が目を覚ますと、フィンがブルーの瞳でじっと見つめていることがあった。その瞬間、キャサリンは我を忘れ、フィンに腕を差し伸べて、自分のふくよかな胸に抱き寄せたい衝動に駆られた。

だが、キャサリンの何かが気に入らないとでもいうようにフィンが背を向けると、その衝動も消えてしまった。

フィンはこの偽りの結婚が気詰まりになったのかしら？　母親代わりの叔母に真実を話してしまいたいのかしら？　これは、妊娠してしまった私に対して責任をとるための結婚なのだと。もしかして彼は、責任をとって結婚すると決めたことを悔やんでいるのかもしれない。

フィンは小さな町の反対側の外れに住んでいる、幼なじみのパトリックとその妻にキャサリンを紹介した。陽気でエネルギッシュな赤毛のエイズリングは、結婚のニュースを聞くと歓喜の声をあげた。

「とうとうね！」エイズリングは言った。「とうとうあなたも結婚したのね！　ああ、フィン、これで大勢のアイルランド女性が泣くことになるわ」

「そして大勢の男性がほっとしてるよ」パトリックは苦笑しながら冷蔵庫からシャンペンを取り出した。

「うるさいな」フィンもほほ笑んでいる。

「それで、君たちはだれにも言わずに勝手に結婚したわけだね？」シャンペンのコルクを開けながらパトリックが言った。「僕たちにも内緒で？」

「特に君たちにはね。ウィックローの町じゅうに宣伝するつもりはなかったからさ！」フィンは間を置いて続けた。「キャサリンは妊娠してるんだ」

「まあ、パトリック」エイズリングが小声で言った。「聞いた？　キャサリンは妊娠してるんだ、ですって。私たちの目が節穴だと思っているの、フィン・ディレイニ！　おめでとう、二人とも！」

彼女はフィンを、続いてキャサリンを抱き締めた。キャサリンは目頭が熱くなった。顔がエイズリングの分厚いセーターに埋まっていてよかった。私にはこんな祝福を受ける資格はないのに。お芝居なんてできない。こんな優しい人たちをだますなんて。

キャサリンが顔を上げると、フィンが温かい目で彼女を見守っていた。不思議なことにキャサリンは安らぎを覚えた。

「僕がダブリンに戻っている間、キャサリンの面倒を見てくれるかい、エイズリング？」フィンの口調が突然、真剣になった。

「私は面倒を見てもらわなくても大丈夫よ」キャサリンは口を挟んだ。この温かい笑顔の魅力的な女性に尋ねられたら、私はきっと真実を話してしまう。

「キャサリン、あなたが会いたいときに会いましょうよ――私はどちらでもかまわないから」エイズリングははっきりと言った。「でも、フィンがいないと寂しいでしょう？」

「キャサリンは静かで穏やかな暮らしがしたいんだよ」彼女の代わりにフィンが口を開いた。「だからダブリンではだめなんだ。それに彼女は書くのが仕事だから」

「そうなの」キャサリンはつばをのみ込んだ。「私、ジャーナリストなの」

「そうみたいね」エイズリングがさりげなく言った。

例の記事を読んだのかしら、とキャサリンは思った。読んでいたとしても、温かく私を迎えてくれたということは、反感を抱いていないということだろう。

小さな男の子が部屋に駆け込んできた。後ろから姉らしい女の子がついてくる。男の子の顔は砂とべたべたした蟹の残骸にまみれている。「ジャック・ケイシー！　いったい何をしてたの？」

「蟹を食べようとしたのよ、ママ！」女の子が得意げに言った。「私がだめって言ったのに！」

「それでほうっておいたわけね？」いやがる息子の顔をタオルでふきながら、エイズリングが娘に尋ねた。「キャサリン、いずれあなたもこうなるのよ。ちょっとうんざりしない？」

「覚悟するまでに何年かはあるでしょうから」そう言っているキャサリンの膝の上に、ジャックが手にいっぱい持っていた貝殻をばらまいた。

「ジャック！　キャサリンのドレスを砂で汚すのはやめなさい！」エイズリングが叱る。

「いいのよ――本当に大丈夫だから」

フィンはそんな家族の日常風景を眺めながら、胸の奥に痛みを覚えた。表向きはこんなに穏やかで、悩みなど何一つないように見えるのに。べとべとの小さな手がキャサリンの髪をつかもうとするので、彼女は声をあげて笑っている。だんだん丸みを帯びてくるその体は、妊娠前と同じくらいセクシーだ。

助かった。明日の朝はダブリンに戻らなくてはならない。

数週間がたつうちに、キャサリンはゆっくりと自然に新しい生活に慣れていった。

朝は早起きをして海岸を散歩し、帰りに近くの店に立ち寄って、焼きたてのパンや、今まで飲んだどの牛乳よりもおいしい牛乳を買った。

家に戻るとパソコンに向かったが、彼女はいつの間にか自分の文章のスタイルが変わったことに気がついた。今まで雑誌のために書いてきた迫力のある、読みやすい特集記事を書く意欲はもうなく、そういう記事を雑誌に載せる当てもない。

　ロンドンのフラットはかなりの家賃で貸してある。おかげで生まれて初めて経済的な心配なしに妊娠生活を楽しみ、好きなことに専心できるようになった。

　キャサリンは本を書き始めた。

「まだだれにも言ってないのよ」彼女はある晩、電話で母にそのことを打ち明けた。

「まあ、フィンにも言ってないの?」

「ええ、驚かせたいから」あるいはフィンの前で失敗するのが怖いだけなのかもしれない。

「それで、いつそのフィンに会わせてくれるの?」母が言った。「みんなにきかれるのよ、どういう人なのって。私は知らないって答えるしかないわ!」

　キャサリンには母親を呼び寄せる金銭的余裕もあったし、母がどれだけ自分に会いたがっているかも知っていた。母はきっとこのアイルランドの小さな町の生活をとても気に入るだろう。でも、母に何をどこから説明すればいいのかわからない。

　母が来れば、私は真実を打ち明けるか、ずっと嘘をつきとおさなければならない。娘をよく知っている母親の前で、芝居を続けられる自信はなかった。

　まず、フィンと同じ部屋で眠らなくてはならないだろう。それは絶対にできない。同じ部屋で寝れば、彼に燃えるような欲望を感じてしまう。彼にはまったくその気がないのに。

一人で過ごす晩や、彼が近くの部屋で眠っているときですら耐え難いのに、ベッドのある空間に二人きりでいるなんて。

「そのうちね、ママ」キャサリンは弱々しく言った。

「先延ばしにしているうちに、私はおばあちゃんになってしまうわ！」

それが一番いい方法なのかもしれない。子供が生まれれば、みんなの関心はフィンと私の関係ではなく、子供に集まるだろう。それに、出産直後の母親が夫とベッドをともにしなくても、だれも怪しまないわ！

子供が生まれてしまえば、フィンはどうするのが一番いいか考えることに集中できる。それは私も同じだ。子供との面会や、別れを決意した夫婦が解決しなければならないさまざまな問題についてきちんと話し合えるだろう。

もっとも、フィンと私は夫婦だったことはない。いずれにしても、言葉どおりの意味では。

ただおかしなことに、いくらばかげていると頭ではわかっていても、偽りの夫に親近感を抱いてしまう。フィンがあんなにセクシーで魅力的でなければいいのに。だから、彼の性格のあらを探し、冷たく、支配欲が強く、私を幸せにできる男性ではないと自分に言い聞かせようとした。

でも、無理だった。

週末だけならうまくやっていけるけれど、ずっと一緒にいたらお互いにいら立たしさを覚えるに違いないと言い聞かせもした。だがそれも説得力はなかった。

エネルギーが泉のようにわき出てくる。夜、フィンが電話をしてくる。昼間だけでなく、夜になっても書くのをやめないときもあった。夜、フィンが電話をしてくると、キャサリンは一日の出来事を報告した。気楽に話し合えるのが、かえってせつなかった。

電話なら表情が見えないので、話しやすいのは当然だ。それに、フィンとは友好関係を保っておかなくてはならない。子供の父親と母親として、彼との関係は一生続くのだから。

思っていたより早くフィンが別れを切り出しても大丈夫だ。お互いに別々の道を歩むときが来た、と彼は優しく言うだろう。子供のために二人は最善を尽くした。もう二人は自由だと。

でも、私は自由になんかなりたくない。それとも、子供の父親に情を感じてしまうのも自然の摂理だというの？

新妻の役にあまり熱心になりすぎないほうがいいと理屈ではわかっていても、どうしても無理だった。

毎週金曜日になると、キャサリンは夫が戦果を上げたヒーローのように戻ってくるのを待つ妻の気分を味わった。玄関から入ってくるフィンの顔には都会生活の疲れが刻まれ、それを癒すためにまるで本当の妻のようにジントニックを作った。

った。

フィンも、金曜日になると待ちきれないように早めに仕事を切り上げ、海辺の町に向かった。

ダブリンのフラットが、海辺の家に比べるとひどく寒々しく感じる。海の家ではキャサリンが女性らしい暮らしをしているからだろうか？　部屋に花を飾り、ケーキを焼き、そのうち子犬を飼いだしてもおかしくない！

今のキャサリンはもう一つの役を演じているだけだ――今度は家庭的な役を。フィンは遠くにきらめく海を眺めた。もうすぐ家に着く。でも、彼女もいつまでも芝居を続けてはいられないだろう。

家の中に入ったフィンは眉をひそめた。何かが違う。それが何かわかるまで、しばらくかかった。

「壁のペンキを塗り替えたのか！」

「そうよ」キャサリンは穏やかにほほ笑み、彼のために飲み物を作りに行った。暗く薄汚い印象だった部屋を明るいピーチ色に塗り替えて満足していた。「気に入った？」

フィンはいら立たしげに部屋を見まわし、キャサリンの着ているピンクのVネックのセーターに気をそらされまいとした。ウィックローの晩には寒すぎるほど胸のラインが深く、豊かな胸の谷間がのぞいている。

「どうして僕に相談しなかった？」

　キャサリンの唇から笑みが消えた。「ごめんなさい。ここが私の家だと勘違いしていたわ。それに私たちが本当の夫婦みたいに思い込んでいたのかも」

「夫婦でも」フィンが言い返す。「模様替えをするときは二人で話し合うんじゃないのか？」

「あなたを驚かせたかったから……」

「それは大成功だ、キャサリン！」

　フィンは彼女のほうに向き直った。ブルーの瞳が怒りに燃えている。壁を塗り替えただけなのに、この怒り方は不自然だ。

「僕がもし壁を塗り替えたいと思っていたら、とっくにそうしていたと思わないか？　アイルランド一のデザイナーを雇っていたと思わないか？」

　キャサリンはジントニックの入ったグラスをサイドボードの上に荒々しく置いた。あまりの勢いに中身がほとんどこぼれたが、どうでもよかった。フィンは気がついてもいない。

「そうね、悪かったわ！　お金で買える最高のサービスね？　そういう意味なの？」キャサリンは弱々しく言った。

「私が自分でペンキを塗ったから怒ってるの？　専門家を雇わなかったから？　でもとても慎重に塗ったから上等な出来栄えよ。あなたもそんなに愚かで傲慢（ごうまん）じゃなかったらわかるはずよ！」

彼女は部屋を飛び出し、階段を駆け上がった。

「キャサリン、戻ってくるんだ！」

「地獄へ落ちればいいわ！　地獄にも入れてもらえないと思うけど！」

フィンは階段を一段おきに駆け上がり、彼女がバスルームのドアを閉めようとするところで追いついた。キャサリンは慌てて閉めようとしたが、彼がすかさずドアを足で押さえた。

「足をどけて！」

「ドアを開けるまではどけない！」

「お風呂に入りたいの！」

「僕は話がしたいんだ！」

「私はしたくないわ！　また壁の文句を言いたいなら、心配しないで。明日の朝、泥炭を擦りつければいいわ。そうしたら前みたいに薄汚くなるから」

フィンが笑いだしたすきに、キャサリンはまたドアを閉めようとした。

「開けてくれ、キャサリン」

「自分で開ければ！」彼女がドアから手を離したので、フィンは中に足を踏み入れた。狭いバスルームが彼の存在感でいっぱいになる。

勝ち気なキャサリンが肩を落としているのを見て、フィンの心が和らいだ。「悪かった、キャサリン。あんな言い方をするつもりはなかったんだ」

「口を開く前に考えればよかったのよ！　いつものことだけど」

「そのとおりだ」フィンは寂しそうな笑みを浮かべた。「でも君がそばにいると何も考えられなくなるんだよ、キャサリン」

「だったら、こんなばかばかしい芝居はやめたほうがいいかもね」

「君はばかばかしいと思っているのか？」

「そうよ、こんな芝居を続けようなんて、私たち頭がどうかしてるわ！」

「君はここの生活を楽しんでいると思っていたよ」

「ばかばかしい！」

フィンは大声で笑った。

「君はジャーナリストにしては語彙が少ないな。これで〝ばかばかしい〟という言葉を使うのは三回目だ……」

フィンは平手打ちしようと振り上げたキャサリンの手をつかみ、自分のほうに引き寄せた。彼の息遣いが荒くなり、ブルーの瞳が突然陰りを帯びた。

「君はときどき、魔女みたいに気性が荒くなるね」

「あなたと暮らしてたら不思議じゃないわ」

二人の間に緊張した空気が流れる。

「僕たちはまるで年とった夫婦みたいにけんかしてるよ。結婚のいやな面ばかりを経験して、いいところはまったく経験していない」

フィンの瞳を見つめていると、なんだか魔法にかかったみたいにめまいがしてくる。

「フィン」

「キャサリン」

キスするんだわ。フィンが動く前に、キャサリンは察した。彼の瞳に燃える青い炎を見ればわかる。キスを迎えるために、彼女は唇をかすかに開いた。理屈などどうでもいい。あの日、金の結婚指輪をはめたときから、この瞬間を待っていた。

二人はまるで初めてキスを交わすように唇を重ねた。ある意味では初めてといってもおかしくない。今は強い欲望だけで結ばれた知らぬ者同士ではないのだから。欲望は同じように二人をかき立てるが、今の二人には歴史が——過去と現在と未来が複雑に入りまじった歴史がある。今彼女のおなかを中から蹴っている子供の存在が、それを証明している。

フィンは唇を離し、キスに動揺しているグリーンの瞳をのぞき込んだ。「ああ、キャサリン」

感情に突き動かされ、キャサリンは首を振った。「黙ってもう一度キスをして」

「せっかちだな」フィンは優しく言った。

「せっかち？」

「黙って、キャサリン」

二人はもう一度唇を重ねた。

フィンは彼女の胸のふくらみを手で包み込み、丸みを帯びた腹部へとその手をさまよわせた。キャサリンの気持ちも同じように高まっているのを感じ、彼は唇を重ねたまま、うなるような声をもらした。

「キャサリン――おなかのふくらんだ美しいキャサリン、今すぐ君と愛し合いたい」

〝ふくらんだ〟という言葉は、これほどエロティックな言葉だっただろうか。だが気持ちの高まっている今のキャサリンには、電話帳を読み上げてもすてきな詩に聞こえるに違いない。

キャサリンはやっとの思いで唇を離した。

「フィン、その言葉をずっと待っていたのよ」

フィンは震えながら彼女の顔を指でなぞった。両手で頬を包むようにして、シルクのように滑らかな白い肌にキスの雨を降らせる。時間をかけ、ゆっくりキャサリンと愛し合いたい。彼女を慎重に扱わなくてはいけないのもわかっている。だがフィンの体はすでに熱く張り詰め、もし彼女が妊娠していなかったら、床に押し倒して……。

ある記憶が不意によみがえり、フィンは身をこわばらせた。二人の子供が愛の結果ではなく、怒りの結果だったことが悔やまれる。けれど起こってしまったことはもう仕方がない。彼は今、キャサリンのような女性にふさわしい、優しく愛し合う機会を与えられているのだ。

「一緒に来てくれ、スイートハート」

「どこへ行くの?」

「何週間も前から一緒に行きたかった場所だ」一番近くにあるベッドへ行くため、二人はキャサリンの部屋に入った。彼女を抱き寄せたとき、引き出しからはみ出した小さなショーツが目に入り、フィンは身震いした。妊娠していてもこんなセクシーな下着を身につけているのだろうか? その答えはすぐにわかる。

キャサリンに腕をまわしたまま、フィンは少し体を離した。「妊婦の服を脱がせるのは初めてだ」

「よかった!」

「気をつけるよ」フィンはささやき、彼女のセーターを頭から脱がせた。

キャサリンは彼の首に腕をまわし、軽くキスした。「そんなに気をつけることはないわ。もう妊娠する心配はないんだし」

フィンはほほ笑んだ。「そういう意味じゃないよ。妊娠しているから君の体が心配なんだ」

「妊婦はとても元気なのよ。気づかなかった?」

それは気づいていた。彼女は病人のように横になって、だれかに世話してもらうタイプではない。つい先日もフィンは彼女からスコップを奪い、庭仕事をするには寒すぎると叱ったばかりだ。キャサリンは機嫌を悪くして、この美しい庭に愛情を注がないなんて罰が当たるとすねてしまった。

キャサリンの体があらわになると、フィンは息をのんだ。熟して輝いている胸は、はちきれんばかりにアイボリーのレースのブラに覆われている。そしてペアのショーツに隠されている部分はほんのわずかしかない。

フィンはうめいた。「妊娠した女性がこんなにセクシーだとは知らなかった！」

「よかったわ」

フィンがブラのホックを外すと、豊かなバストがこぼれ落ちた。硬くなった胸のつぼみに彼の唇が触れると、キャサリンはめまいを覚え、フィンにしがみついた。

「フィン」キャサリンは弱々しい声で言った。

「なんだい？」

フィンはレースのショーツを引き下げ、その部分にそっと触れた。キャサリンがびくっと体を震わせるのを感じて、さらに歓(よろこ)びを与えたくなる。

フィンは祈るように彼女の前にひざまずき、蜂蜜(はちみつ)のように甘い秘密の花園に顔をうずめた。キャサリンは思わず彼の頭を引き寄せ、鏡に映る二人の姿を見て、さらに気持ちを高ぶらせた。妊娠している彼女の体と、彼女に歓びを与えようとしている黒髪の男の姿は信じられないほどエロティックだ。

「横にならないと」キャサリンはうめくように言った。「後ろに倒れてしまうわ」

フィンは顔を上げ、キャサリンのうっとりした目を見た。「ああ、そうしたほうがいい」

フィンは半分いやがる彼女を抱き上げた。

「フィン、やめて——重たいでしょう」

「いや、僕は君を抱き上げるのが好きなんだ」

「そうみたいね！」

「今だって君はちっとも重くないし」

「強いのね、フィン・ディレイニ」

「そうさ」

だが服を脱ぎ捨て、キャサリンの温かい腕に包まれると、フィンは子猫のように自分を頼りなく感じた。彼女のおなかをうやうやしく撫でながら、フィンはキスを続けた。そのまま手を下に滑らせようとすると、キャサリンは首を横に振った。

「待って」彼女がささやく。

「もう待てない……」

「あなたの子供が蹴ろうとしてるの」

「どうしてわかるんだい?」

「私にはわかるの——痛い!」

　フィンのてのひらに小さな踵（かかと）の動きが伝わってくる。彼は動揺した顔でキャサリンを見下ろした。

「男の子かな?」

「そうかもしれない」

「わかるのかい?」

「わからないけど……ただ……フィン!」

「感じるかい?」

　もう赤ん坊は蹴るのをやめたようだ。「ああ」キャサリンはそのときを待っているフィン自身に手を伸ばした。彼が身震いする。「感じる?」

「今は自分のことは考えられない——君につらい思いをさせたくないんだ、キャサリン」

　一瞬、キャサリンは目を閉じた。私がつらいのは彼との別れだけだと、フィンがわかってくれたらいいのに。今結ばれたら、別れはさらにつらくなるだけだ、と理性がささやいている。今すぐやめるのよ。

　どうしてやめられるの?　こんなに彼が欲しくてたまらないのに。

「どうすればいい?」フィンが小声で尋ねた。

キャサリンは一瞬、将来の話をしているのかと思った。だが、フィンの手は胸を愛撫し、彼女の滑らかな肌に戦慄を走らせた。「どうしてほしいかってこと？」

「そうだよ」

「想像力を使ってみて、フィン。私もあなたと同じように初めての経験なのよ。ああ、フィン！」彼はキャサリンの体を横向きにし、片方の手で胸のふくらみを包み込み、もう一方の手でヒップを愛撫した。押しつけられたフィンの体の高まりを感じる。

フィンはキャサリンの情熱がぎりぎりまで高まっているのを感じた。自分を迎え入れる準備ができているかどうか、普段なら決して尋ねたりしないが、今は確信を持ちたかった。彼女が妊娠しているせいだけではない。

「キャサリン？」

「いいわ、フィン、いいわ！」

キャサリンの体はとても敏感になっていた。妊娠しているせいか、久しぶりの行為のせいかはわからない。だがフィンを受け入れたとき、彼女は今まで気づかなかった感情に気がついた。

愛。純粋で飾らない愛。フィンを愛しているんだわ――本当の意味で決して私のものにはならない彼を。キャサリンは目を固く閉じ、考えるのをやめて感覚に神経を集中した。そのほうがつらくない。

情熱の嵐が過ぎたあと、二人はしばらくそのままの姿勢で横たわっていた。心臓の鼓動と呼吸がしだいに落ち着いてくる。

フィンがキャサリンのおなかに腕をまわすと、また赤ん坊が蹴った。彼はほほ笑んだ。

「痛い!」

「おなかの中でじかに感じてみるといいわ!」

フィンは片肘をついて体を起こし、キャサリンの顔にかかっている髪をかき上げながら、真剣な表情で見下ろした。「さっきは怒鳴って悪かった」

「きっといらいらしていたのよ。私もそうだった」

フィンの顔が険しくなった。「いら立っていただけだと思うのかい? そんな単純なことだと?」

「よくわからないけど、違うの? 私は経験からそう考えただけよ」あまり深くせんさくしないほうがいいと思っても、自分を抑えられない。「いら立ちじゃないのなら、何が理由だったの?」

フィンは仰向けになり、天井に張られたクロスも古ぼけていることに初めて気づいた。今度ここへ来るときには、この天井も張り替えられているのだろうか――だとしても、それがそんなに重大なことなのか? 「ちょっと気にさわっただけだ」

「私があなたに相談しないで内装を変えたから?」

キャサリンに心の内を打ち明けたら、どうかしていると思われないだろうか？　僕がすべての決断を自分で下したがる暴君だと、このまま思わせておくよりましだろうか？

フィンは首を振った。キャサリンは人の心を読むのが得意だから、ジャーナリストになったのだろうか？　それとも仕事を続けているうちに、洞察力を身につけたのだろうか？　あるいは男女が一緒に暮らし始めると、自然に理解し合うようになるのかもしれない。お互いに何もかもわかってくれれば二人の絆は強くなるが、その代償はなんだろう？

「なんなの、フィン？」キャサリンがそっと促す。

「頭が砂に埋まっているような感じなんだ。成長がとまってしまっている――過去にしがみついているとでもいうか、自分でもよくわからないんだ」

キャサリンはフィンの肩に頭をあずけた。「なんだかなぞなぞみたいね」

フィンはぼんやりと彼女の髪を撫でている。「家に手を入れなかったのは、昔のままにしておきたかったからだ」

キャサリンは少し考えてから口を開いた。「『大いなる遺産』のミス・ハヴィシャムみたいに？」

「くもの巣だらけのウェディングドレスは持っていないけど」フィンは彼女の髪を指に巻きつけた。「この家は僕のルーツなんだ。改装して、まるで雑誌に紹介されるような家にしてしまったら、なんだか過去の自分を裏切るような気がした」

「その論理をすべてに当てはめれば、私たちはまだ馬車に乗っていなくてはいけないわ」

「そうだね」フィンが笑った。

キャサリンは物思いにふけっている彼の横顔を見つめた。フィンのような男性が無防備になるのはベッドの中だけなのかしら？「自分のルーツを思い出すのに、ものは必要ないわ。大切なのは価値観で、それはあなたの心の中にちゃんと残っているわ」

フィンはうなずいた。キャサリンをとても近くに感じる。危険なくらい近くに。まるで外の世界から隔離された温かい安息の地だ。フィンは自分を現実に引き戻した――現実だけが彼の手に負えるものだからだ。彼はキャサリンのほうを向き、脇腹に指を這わせて、彼女の反応を楽しんだ。「じゃ、これから僕たちは寝室をともにするということだね？」

一歩進んで二歩下がったような気がして、さっきまでの興奮がすっかりさめてしまった。愚かなことだとわかっていても、キャサリンはフィンの現実的な考えに失望した。何も変わっていないんだわ。

二人の関係は何も変わっていない。ただベッドをともにするようになっただけ。今の和やかな関係を、永遠の関係と勘違いしてはだめよ。

「そうなるわね」彼女は努めて明るく言った。「ところで、夕食はまだかしら？　私は恐ろしい食欲の持ち主なんだから！」

「恐ろしい？」裸でベッドから下りたフィンは彼女を見下ろした。「君は日に日にアイルランド人みたいな話し方をするようになってきたね」

キャサリンはうなずいた。だって、私の子供はアイルランドで生まれ、アイルランド人の父親を持つことになるんですもの。

私にもルーツが必要だわ。

12

「キャサリン！　いいからこっちに来て座って」

「だめよ！　今、食器棚の整理をしてるんだから」

フィンはソファから立ち上がってキッチンの戸口へ行き、身をかがめて片づけをしているキャサリンを見守った。妊娠八カ月の女性のヒップがこんなにセクシーだとは思わなかった。フィンは彼女に近づき、そのヒップを両手で包み込んだ。

「フィン、やめて……」

今度は耳元に鼻を押しつける。「いやなのかい？」

「そうじゃなくて……」

「そうじゃなければ」彼はうなじにキスした。「なんだい？」

「言ったでしょう――赤ちゃんが生まれる前に片づけをしておきたいの」

「赤ちゃんはあとひと月は生まれないし、僕は明日からロンドンだから、一週間は会えないんだよ」

「今だって一週間会えないわ」キャサリンはフィンの助けを借りて立ち上がった。「何が違うの?」

「僕たちの間に海がある。寂しくないのかい?」

キャサリンは彼の首に腕をまわした。「少しだけ」

フィンは唇に軽くキスした。「少しだけ?」

本当はすごく寂しい。「何を言わせたいの?」

「いいから座って、何か飲みながら一緒にテレビを見よう」

キャサリンはソファに深く腰を沈めた。「なんてわくわくする生活なのかしら、ミスター・ディレイニ!」

「不満なのかい?」キャサリンにスパークリングウォーターを渡しながら、彼は真顔で尋ねた。

「いいえ、最高よ」フィンも最高の男性だ。外から見ればとても居心地のいい生活に見えるだろう。キャサリンはひと口水を飲み、グラスの縁越しに彼を見た。この数日落ち着かなかったのは、彼がイギリスに出張するからだろうか。確かに、彼が海の向こうに行ってしまうのは、いつもの離れ離れの生活とは違う。今のうちに将来の話をしておくほうがいいかもしれない。

「フィン?」

「なんだい?」

「まだ話し合っていないことがたくさんあるわ」

「たとえば?」

「赤ちゃんが生まれたら、私たちはどうするの?」

「その都度考えていくんじゃなかったのかい?」

「今もそうだけど」キャサリンは大きく息を吸った。「一生そうするわけにはいかないでしょう?」

彼はグラスを置いた。「いくんじゃないかな」

キャサリンの心臓の鼓動が速くなる。「そうかしら?」

「できないことはないと思う」フィンはほほ笑んだ。「僕のいとしいキャサリン! 僕たちはお互いに好きだとわかったし、一緒に暮らしても、ものが飛んでくることもない」彼の瞳がきらめいた。「ありがたいことに、君はあのときのことをすっかり忘れてるようだけど」キャサリンがくすくす笑った。「ほらね! 僕たちはお互いを笑わせることだってできる。ベッドでの相性もいい——これは前からわかっていたことだけど」

「それだけであなたは充分なの?」

フィンは立ち上がり、暖炉に薪を足した。五月は急に気温が下がることがある。薪は暖炉の中で花火のようにはじけた。振り返ったフィンの顔に、炎の光と影が映っている。

「それすらないカップルが多いんだよ」フィンは静かに言った。「でも君が充分かどうかは君が決めることだ。夢を追い求めるか、生まれてくる子供のために安定した生活を選ぶか。考えておくんだね」

夢を追い求める——愛を求めることがかなわぬ夢のように思える。彼はもちろん、愛を求めていない。

「貞節は？」愛よりもっと具体的な話に切り替える。

「不貞には耐えられない」フィンはゆっくりと続けた。「君もそれは同じだと思う」

フィンは不貞をはたらくことはないと誓っているわけではない。もしフィンがこの先だれかと恋に落ちたら？

「決めるのは君なんだよ、キャサリン。僕は君にしてあげられることをするだけだ」

フィンは私が選び、決めるのだと主張する。選択は決断だ。そして常に間違う危険が伴う。

子供から父親を奪わずにすむだけでなく、子供に安らぎと安定を与えられる生活。母親と同じように子供を愛してくれる父親、子供たちがあこがれる父親がそばにいる安心感を。

フィンはロマンチックな将来やばら色の夢を約束してはくれない。彼の話は率直で現実的だ。

キャサリンはもう一つの可能性を考えた。シングルマザーとして社会に復帰し、子供と二人だけの人生を歩むことを。もしかしたら、フィンのように私の心を奪う男性が現れるかも……だが心の底では、フィンに並ぶ男性がほかにいるわけがないとわかっていた。

過去があるから今のフィンと私がある。過去はとても強い影響力を持っている。どんなに時間がたっても、その影は消えない。

「考えておくわ」キャサリンは言った。

その晩、二人はいつもより親密に愛し合い、そのあとも長い間じっと抱き合っていた。

翌朝、フィンを見送りに玄関に出たキャサリンの心は、どんよりとした空と同じように沈んでいた。

フィンは灰色の空を見上げて眉を寄せた。「雪になりそうだな」

「五月に雪が降るはずないわ」

「ありうるさ。六月に霜が降りたこともあるんだ」

「冗談でしょう?」

「冗談じゃないよ」フィンはキャサリンを抱き寄せた。「体に気をつけるんだよ」

「もちろんよ! 私がスノーボードやスキーでも始めると思ってるの?」

「僕はまじめに言ってるんだよ」

キャサリンは爪先立って彼にキスした。「私もよ。大丈夫、ロンドンに着いたら電話してね」

「天気が悪くなったり、寂しくなったら叔母に泊まりに来てもらうんだ。エイズリングのところに泊まりに行ってもいい。今度の検診はいつだい？」

「あさってよ。心配しないで、もう行って」

フィンはしぶしぶ唇を離した。「もう行かないと飛行機に間に合わない」最後にもう一度キャサリンを抱き締めた。「じゃ、金曜日に」

愛してるわ。キャサリンは心の中でつぶやいた。車が走り去ると、寒さに震えながら家に入り、ドアを閉めた。

フィンは空港から電話をしてきた。「天気はどうだい？」

キャサリンは外に目をやった。「変わりないわ」

「向こうに着いたらすぐに電話するよ」

「フィン、どうしてそんなに心配するの？」

「妻の妊娠中に外国に出張するんだ！　心配しないわけがないだろう」フィンは不安でたまらなかった。もうすぐ父親になる男性は、みんなこんなふうに落ち着かないものなのだろうか。

キャサリンは電話を切ってからお茶をいれ、腕時計に目を落とした。フィンの飛行機はもう空の上だ。彼に何も起きませんように、と彼女は祈った。外はしだいに暗くなり、ちらちらと雪が舞い始めた。

夕方になっても雪は降り続け、庭はまるでクリスマスカードのように白い雪に覆われていた。キャサリンが暖炉に火を入れ終えたとき、激しくドアをノックする音がした。ドアを開けると、分厚いコートのフードをかぶり、スカーフを巻き、セーターを何枚も着込んでだれだかわからなくなっているフィノーラが立っていた。

「お入りになって」キャサリンは笑みを浮かべた。「こんな天気にどうなさったんですか？」

「フィンから電話があったの」叔母はブーツの雪を払いながら言った。「あなたの様子を見てきてって」

「彼ったら、朝からやきもきしどおしで」

「心配なのよ、あなたとおなかの赤ちゃんが」

「私は大丈夫です」

「そうね」フィノーラはソファに座り、暖炉の火にしばらく両手をかざしてから、キャサリンに目をやった。「元気そうだわ。前ほどぴりぴりしてなくて……落ち着いてる感じよ」

本当は正反対なのに。「そう見えてよかった」

「本当は違うの？」

キャサリンはためらった。相手はフィンの叔母で母親代わりでもある。「大丈夫です、本当に」

「フィンともうまくいってるみたいね」フィノーラは続けた。「この数週間はとてもリラックスしてるように見えるわ。その前は二人ともひどく緊張してたようだけど」

キャサリンは頬を染めた。そんなに変化が表れていたのかしら？　ベッドをともにするようになってから二人の関係が落ち着いてきたということ？

「あなたは本当にフィンを愛しているのね」突然、フィノーラが言った。

キャサリンは驚いてフィノーラを見た。私と同じようにフィンを愛している叔母に嘘をついても仕方がない。つまらないプライドにこだわって何になるの？「ええ、愛しています。とても愛しています」

「じゃ、どうしてそんな沈んだ顔をしているの？」

キャサリンは首を振った。「それは言えません」

「あなたは言えないかもしれないけど、私には言えるわ。フィンがあなたをここへ連れてくる前に何があったのか知らないし、知りたいとも思わない。でも、フィンが結婚を決めた理由は、あなたが妊娠したからじゃないかしら」

キャサリンは赤くなった。「そうです。ショックでしょう？」

「ショックですって？　この年になったら、そんなことでショックなんか受けないわ！　昔からよくあることだし。でもフィンはいい子よ。あなたの面倒はちゃんと見てくれるわ」

「ええ。でも……」

「でも、物足りない。そうね？」叔母はうなずいた。「あなたたちはうまくいってるんでしょう？」

「ええ、とても」キャサリンはフィンがゆうべ言ったことを一つ一つ思い出していた。

「気が合うし、一緒にいて楽しいし」彼女はまた頬を染めた。「ほかにもたくさんあるんですけど、でも……」

「でも？」

　言葉にするとひどくばかげているような気がする。「フィンは私を愛してないんです」

　フィノーラはしばらく考えたあとで言った。「そうかしら？　本当にそう思うの？」

「愛してるって一度も言ってくれないんです」

　フィノーラは首を振った。「今時の若い人は！　本や雑誌の影響で、非現実的な期待を抱いてしまうのね。安っぽい言葉を並べ立てる調子のいい男は、愛していると言いながら、ほかの女に目移りするような男なのよ。言葉は関係ないわ、キャサリン。何をしてくれるかが大切なの」

「フィンが私を愛しているとおっしゃるの？」

「フィンが何を考えているかはわからないわ。あの子はだれにも心を開かないから――母親を亡くしてから」フィノーラは顔を曇らせた。「考えてみて、キャサリン。母一人子一人だったのが、突然、なんの前触れもなく母親がいなくなったのよ。そんな経験をしたら、どんな子供も愛に懐疑的になるわ、そうでしょう?」

どうしてそういうふうに考えられなかったのかしら?「私は欲張りなんでしょうか?」

フィノーラは首を横に振った。「今ある幸せに気づいていないだけよ。愛は必ずしも電撃的に訪れるものではないわ。ゆっくり育つ愛もあるの。小さなどんぐりが大きな樫の木になるようにね。そんな愛に基づいた結婚が一番いい場合もあるわ。地面にしっかり根を張っているほうが」キャサリンの表情を見てさらに続けた。「情熱がないという意味じゃないのよ」

そう、情熱がないわけじゃないわ。

「つまり、すぐ手に入る喜びが欲しいのか、何かに向かって努力する気持ちがあるかのどちらかなのよ。新しい考え方じゃないけど」

「古風な結婚ですか?」

「昔は離婚も少なかったわ」フィノーラは肩をすくめた。「富めるときも貧しいときも、病めるときも健やかなるときも二人一緒にいたものよ」

「私たち、登記所で結婚したんです」

「知ってるわ。でも、結婚の誓いはしたんでしょう? 誓ったときはそのつもりでなくても、年月がたって真実になることだってあるわ」

キャサリンはうなずいた。「ありがとうございます」

「何に対するお礼？」

「私の迷いを消してくださったお礼です。何が大切か、思い出させてくださったお礼です」キャサリンはほほ笑んだ。「お茶をいれましょうか？」

「そう来なくっちゃ！」

翌朝、外は一面の銀世界で静まり返っていた。だが雪はやんでいる。キャサリンは空が明るくなるとすぐに起き出し、窓の外を眺めた。門から玄関までの道が完全に雪に埋もれている。凍ったら、だれかが滑って骨を折ってしまうかもしれない。フィン、エイズリング、そしてフィノーラからの電話が終わると、キャサリンは雪かきをすることにした。

彼女が厚着をして雪かきを始めると、道行く人が立ちどまって声をかけていく。ほとんどの人が、いつ生まれるのと尋ねる。

「六月です」

「じゃ、もう少しね」六人子供のいる郵便局員の妻が言った。「最後のひと月が一番大変なのよ！」

妊婦が肉体労働をしていることをだれも不思議に思っていない。それは別に不思議なことではないからだ。このような田舎町では、何百年もの間、女性は子供が生まれる直前まで畑を耕していたのだろう。雪かきも同じようなものだ。今朝のキャサリンはいきいきとして、体に力がみなぎり、なんでもできるような気がした。世界を制覇することさえ。

雪かきが終わりかけたころ、最初の痛みを感じた。突然の激痛に、キャサリンはスコップを落とし、両手でおなかを押さえた。吐く息が白く見える。

陣痛のはずはないわ。痛みが引くと、キャサリンは自分にそう言い聞かせた。予定日はまだ先だし、たぶんこの痛みは、本当の陣痛の痛みを教えるための警告のようなものだ。

だが痛みは夜になっても続き、耐えられなくなったキャサリンは夜中の三時にフィノーラに電話した。

「赤ちゃんが！」キャサリンは息をのんだ。「生まれそうなんです！」

「大変！　動かないで。今すぐ行くわ！」

駆けつけたフィノーラはキャサリンを見ると声を張り上げた。

「さあ、二階へ行きましょう。すぐにお医者さまを呼ぶわ」

「でも、病院で産むことになってるのよ！」

「どうやって病院に行くの？　そりにでも乗って行くつもり？」

キャサリンは笑ったが、すぐにうめき声に変わった。「それにフィンが立ち会うことになってるの！　フィンがそばにいてくれないと……」

「フィンはロンドンよ」フィノーラが優しく言った。「彼のことを考えて。彼がここにいると思うのよ」

フィンが戻ってきたときには、キャサリンはベッドに起き上がって枕によりかかり、早く生まれたにもかかわらず大きな黒髪の赤ちゃんを抱いていた。雪を静かに溶かし始めた太陽の光が、母子をまばゆく照らし出している。

部屋に飛び込んできたフィンは、驚きと喜びの入りまじった顔をしていた。すぐにベッドに駆け寄り、キャサリンの鼻、唇、額にキスした。

「キャサリン！　ああ、スイートハート！　よくやったぞ！」

フィノーラとキャサリンは目を見交わした。フィノーラの顔が、これでも満足できないのと尋ねている。キャサリンは思った。手の届かないところにある幸せを望んではいけない。私の幸せは今ここにある。ここにしっかりと根を張って。

「大丈夫かい？」フィンは心配そうに尋ねた。

「これ以上ないくらい」こんな穏やかな気持ちになれるのは、母親になったからかしら？

「これが僕の娘かい？」黒髪の赤ん坊を不思議そうに見ると、フィンはゆっくり顔を上げて妻を見つめた。「僕のかわいい娘だ」

ブルーの瞳がまぶしいほどにきらめいている。「モリーよ」キャサリンが娘をそっとフィンに渡すと、すぐに泣きだした。「ミス・モリー・ディレイニ。まだミドルネームはないわ。あなたに相談しようと思って……」

「メアリーだ」フィンはきっぱりと言った。キャサリンの思ったとおり、それは彼の母親の名前だった。フィンは腕の中の赤ん坊を見つめた。「こんにちは、モリー」再び顔を上げた彼の瞳がうるんでいるように見える。

途中で断ち切られていたフィンの人生が、これでつながるわ。キャサリンはそう思った。母親の死によって、突然奪われた彼の子供時代を、今生まれてきた娘が取り戻してくれるだろう。

「君にどう感謝していいかわからないよ、キャサリン」フィンが優しい声で言った。

そのとき、フィノーラが突然立ち上がった。「もう行くわ。また明日来るわね」

フィノーラが出ていくと、二人はすやすやと眠っている赤ん坊を長い間じっと見守っていた。

フィンはモリーをベビーベッドに慎重に寝かせた。そしてベッドの端に腰かけ、キャサリンを壊れやすい磁器のようにそっと抱き寄せた。

「キャサリン」フィンの声が震えている。「私は壊れたりしないわ」

もっと強く抱いてほしい。

フィンは彼女を抱き締め、キスした。キャサリンは歓(よろこ)びのため息をもらし、彼が唇を離すと、少し不満そうに目を開けた。フィンは真剣な表情で彼女を見ている。

「これですべてが変わる」

「ええ。まず、睡眠不足になるわ！」

フィンは首を横に振った。「僕の言っている意味はわかってるだろう、キャサリン」

キャサリンにはわからない。考えたくもない。だから冗談でごまかそうとしたのだ。

フィンはブルーの瞳で食い入るように彼女を見つめた。「この子が僕たちの関係を揺るぎないものにしてくれる。わかるだろう、キャサリン？」

ロマンチックな表現ではないが、ロマンスは必要ない。私たちは相性がいいし、これから絆を深めていけばいい。自ら望んで招いた状況ではなかったが、二人は最善の努力をした。その努力がすべての土台になる。

そしてフィンは、家族を守るために全力を注ぐだろう――とりわけモリーのために。

キャサリンはうなずき、物足りない気持ちが表れるのを恐れて目を伏せた。

「キャサリン、僕を見て」

キャサリンは顔を上げ、彼の視線を受けとめた。

「君と一緒にいるとくつろげる」フィンは小声で言った。「いろいろな意味で」少し間を置いて続ける。「君は僕を幸せにしてくれる」フィンはキャサリンの手を取り、唇に運んでキスした。

もっと言ってほしいと思うのは欲張りすぎだろう。君は僕を幸せにしてくれる――彼はそう言った。そして彼も私を幸せにしてくれる。それで充分だわ。

〝愛している〟という言葉を求めるのは、社会が作り出したしきたりみたいなものだ。〝愛している〟と口では言いながら、反対の行動をとる者がどんなに多いことか。ピーターだってそう言いながら、ほかの女性のもとに行ってしまったじゃないの！

今ここにある幸せを大切にしよう。

私たちはお互いを幸せにした。

これ以上、何を求めるの？

エピローグ

キャサリンは満足そうにため息をついた。

「これは普通のハネムーンじゃないわね？」

フィンは眠たそうな目でキャサリンを見上げた。遠くで青い波がリズミカルに砂浜に打ち寄せている。

「普通の関係じゃなかったからね。そうだろう、スイートハート？」

「フィン・ディレイニ、起きて話してくれる？」

仰向けになったフィンは、強い日ざしに顔をしかめ、ゆっくりほほ笑んだ。「君のせいだよ、ミセス・ディレイニ。君が毎日過酷な要求をするから、僕は目を開けていられないほど疲れきってるんだ」

キャサリンは日に焼けた腕にローションを塗った。「本当にモリーは大丈夫かしら？」

フィンは片肘をついて上半身を起こした。

「君のお母さんとフィノーラが見てくれているんだよ。それにエイズリングもすぐにでもモリーをビーチに連れていきたがってる。心配するほうがおかしいよ。二歳の子供には夢みたいな生活だ！」

「そうね、あなたの言うとおりだわ」

「それに」フィンはローションで少しべたついている彼女の体を抱き寄せ、わざと腰を押しつけた。

「これからはもっと普通のことをすると決めたんじゃなかったかな？」

キャサリンはフィンの首にキスした。そのために二人は教会で結婚式をやり直したのだ。さすがに純白のウエディングドレスを着るのは拒んだが、代わりにグラフトンストリートで買った、アイボリーのシルクのスーツはフィンも気に入ってくれた。もちろん、内緒でモリーのためにオーダーした、おそろいの小さいドレスも！

式のあと、二人はこのポンディキ島にやってきた。ニコも結婚し、もうすぐ父親になると聞いた。

「幸せかい、キャサリン？」

「過程よ、フィン」キャサリンは以前彼が言った言葉を引用した。「目的地にたどり着くまでの過程が……フィン！」彼はキャサリンを砂の上に寝かせ、覆いかぶさった。ハンサムな顔が目の前にある。

「幸せかい？」顔に彼の温かい息がかかる。

「最高に幸せよ」

それは本当だった。

妻と娘がいると気が散ると言いながら、フィンは今、週に二日は家で仕事をしている。

キャサリンの母もしばしば訪ねてきて、たちまちフィノーラと親しくなった。

「あの二人の話を聞いたかい？」フィンはよくキャサリンに言った。母とフィノーラの笑い声につられて、モリーがはしゃいでいる。「今度は何をたくらんでいるんだと思う？」

モリーはすくすく成長している。世界じゅうで一番かわいい子供。毎晩娘の寝顔を見るたびに、二人はそう言った。

モリーが予定よりも早く生まれた理由は、キャサリンがかかっていた産婦人科医が説明してくれた。モリーを身ごもったのがロンドンではなく、ダブリンだとわかって、キャサリンはうれしかった。

「どういう意味かわかるでしょう、フィン？」キャサリンは彼に尋ねた。

もちろん、フィンはわかっていた。モリーは怒りに駆られての行為ではなく、情熱に突き動かされた行為の結果なのだ。

キャサリンは本を書くのをやめた。母親業のほうがやりがいがあるからだ。「もう二度と書かないわけじゃないわ」彼女はフィンに説明した。「少しの間お休みするだけよ」

フィンはガーデニングを手伝うようになった。キャサリンが手をかけた裏庭は、ウィックローじゅうで噂になるほど美しくなっていた。去年、彼女は庭を一般に公開し、払える人からは入場料を取り、そのお金と、紅茶やケーキを売った収入を地元の図書館に寄付した。

フィンはキャサリンを手伝っていると言っているが、実は気が向いたときに庭に植物を植えるだけだ。桜草、ばら、たちあおい、珍しいまだら模様のチューリップ、桃の木、そしてアイルランドではいちごの木と呼ばれ、この地域によく育つ岩梨。

ある日、スコップによりかかりながらキャサリンが言った。「変わった花ばかりね、フィン」

「そうかな」

フィンの気乗りのしない返事を聞いて、キャサリンの頭に古い記憶がよみがえった。その晩フィンがパトリックとパブに出かけるとすぐに、彼女はパソコンに向かった。インターネットで花言葉のサイトを検索すると、目の前の画面に花言葉が映し出された。

桜草――貞節。

まだら模様のチューリップ――美しい瞳。

桃の木――僕の心は君のもの。

そして一番感動したのは岩梨の花言葉――敬愛。

その夜、玄関でフィンを迎えたキャサリンの瞳はうるんでいた。

「泣いていたのかい?」心配そうに問いただす。

「もう、おばかさんね!」キャサリンはフィンに抱きつきながら言った。「どうして言ってくれなかったの?」

「何を?」

「庭の花よ! あなたが植えた花。どうして言ってくれなかったの?」

「君を愛してるって?」フィンは優しく言った。「それが聞きたかったのかい、僕の美しいキャサリン?」

「当たり前よ!」

二人はベッドへ向かい、愛し合った。そのあとでキャサリンはフィンの上に覆いかぶさり、彼の瞳をのぞき込んだ。「フィン?」

「なんだい、キャサリン?」

「花にメッセージを託して、だれかほかの女性に贈ったことがある?」

「ないよ」

「じゃ、どうして私にだけ?」

フィンは肩をすくめ、満足げな笑みを浮かべた。

「ほかの女性に対しては、そんな気持ちにならなかったからさ」

「もう一度、愛してるって言って」

「これから毎日言うよ」フィンは約束した。「この先一生ね」

そして、フィンは約束を実行した。けれど、キャサリンには言葉より心を温かくしてくれるものがある。庭を見るだけでいい。そこには日一日と育っていくフィンの愛があふれているのだから。

●本書は、2003年10月に小社より刊行された作品を文庫化したものです。

花言葉を君に
2024年6月15日発行　第1刷

著　　者／シャロン・ケンドリック
訳　　者／高杉啓子（たかすぎ　けいこ）
発 行 人／鈴木幸辰
発 行 所／株式会社ハーパーコリンズ・ジャパン
東京都千代田区大手町1-5-1
電話／04-2951-2000（注文）
0570-008091（読者サービス係）

印刷・製本／中央精版印刷株式会社

表紙写真／© Yana Bahuk | Dreamstime.com

定価は裏表紙に表示してあります。
造本には十分注意しておりますが、乱丁（ページ順序の間違い）・落丁（本文の一部抜け落ち）がありました場合は、お取り替えいたします。ご面倒ですが、購入された書店名を明記の上、小社読者サービス係宛ご送付ください。送料小社負担にてお取り替えいたします。ただし、古書店で購入されたものについてはお取り替えできません。文章ばかりでなくデザインなども含めた本書のすべてにおいて、一部あるいは全部を無断で複写、複製することを禁じます。®とTMがついているものはHarlequin Enterprises ULCの登録商標です。

この書籍の本文は環境対応型の植物油インクを使用して印刷しています。

Printed in Japan © K.K. HarperCollins Japan 2024
ISBN978-4-596-63616-4

5月31日発売

ハーレクイン・シリーズ 6月5日刊

ハーレクイン・ロマンス

愛の激しさを知る

秘書が薬指についた嘘	マヤ・ブレイク／雪美月志音 訳
名もなきシンデレラの秘密 《純潔のシンデレラ》	ケイトリン・クルーズ／児玉みずうみ 訳
伯爵家の秘密 《伝説の名作選》	ミシェル・リード／有沢瞳子 訳
身代わり花嫁のため息 《伝説の名作選》	メイシー・イエーツ／小河紅美 訳

ハーレクイン・イマージュ

ピュアな思いに満たされる

捨てられた妻は記憶を失い	クリスティン・リマー／川合りりこ 訳
秘密の愛し子と永遠の約束 《至福の名作選》	スーザン・メイアー／飛川あゆみ 訳

ハーレクイン・マスターピース

世界に愛された作家たち
～永久不滅の銘作コレクション～

純愛の城 《特選ペニー・ジョーダン》	ペニー・ジョーダン／霜月　桂 訳

ハーレクイン・ヒストリカル・スペシャル

華やかなりし時代へ誘う

悪役公爵より愛をこめて	クリスティン・メリル／富永佐知子 訳
愛を守る者	スザーン・バークレー／平江まゆみ 訳

ハーレクイン・プレゼンツ作家シリーズ別冊

魅惑のテーマが光る極上セレクション

あなたが気づくまで	アマンダ・ブラウニング／霜月　桂 訳

6月14日発売

ハーレクイン・シリーズ 6月20日刊

ハーレクイン・ロマンス

愛の激しさを知る

乙女が宿した日陰の天使 マヤ・ブレイク／松島なお子 訳

愛されぬ妹の生涯一度の愛 タラ・パミー／上田なつき 訳
《純潔のシンデレラ》

置き去りにされた花嫁 サラ・モーガン／朝戸まり 訳
《伝説の名作選》

嵐のように キャロル・モーティマー／中原もえ 訳
《伝説の名作選》

ハーレクイン・イマージュ

ピュアな思いに満たされる

ロイヤル・ベビーは突然に ケイト・ハーディ／加納亜依 訳

ストーリー・プリンセス レベッカ・ウインターズ／鴨井なぎ 訳
《至福の名作選》

ハーレクイン・マスターピース

世界に愛された作家たち
～永久不滅の銘作コレクション～

不機嫌な教授 ベティ・ニールズ／神鳥奈穂子 訳
《ベティ・ニールズ・コレクション》

ハーレクイン・プレゼンツ作家シリーズ別冊

魅惑のテーマが光る極上セレクション

三人のメリークリスマス エマ・ダーシー／吉田洋子 訳

ハーレクイン・スペシャル・アンソロジー

小さな愛のドラマを花束にして…

日陰の花が恋をして シャロン・サラ他／谷原めぐみ他 訳
《スター作家傑作選》

大スター作家
ダイアナ・パーマーが描く
〈ワイオミングの風〉シリーズ最新作！

この子は、
彼との唯一のつながり。
いつまで隠していられるだろうか…。

秘密の命を
抱きしめて

家も、仕事も、恋心も奪われた……。
私にはもう、おなかの子しかいない。

(PS-117)

親友の兄で社長のタイに長年片想いのエリン。
彼に頼まれて恋人を演じた流れで
純潔を捧げた直後、
無実の罪でタイに解雇され、町を出た。
彼の子を宿したことを告げずに。

6/20刊

DIANA
PALMER

既刊作品

「永遠をさがして」

シャロン・サラ　　槙 由子 訳

孤児のオナーはかつて誘拐された財閥令嬢だった。守ると約束してくれた代理人のトレースとともに一族のもとに帰るが、財産目当ての親族に命を狙われ始め…。

「危険な妹」

ペニー・ジョーダン　　常藤可子 訳

旅先のギリシアで、別居中の夫レオンに誘拐されたクロエ。3年前、彼女の言葉を信じなかった夫は冷酷な笑みを浮かべ、跡継ぎを産むまで帰さないと告げる。

「富豪に買われた花嫁」

サラ・モーガン　　井上きこ 訳

兄の借金返済を延ばしてもらうために、砂漠の王国カズバーンへ来たエミリー。女性の魅力で誘惑するのかと、不敵な笑みを浮かべる王子に宮殿に閉じ込められるが…。

「白いページ」

キャロル・モーティマー　　みずきみずこ 訳

事故で記憶の一部を失ったベルベット。その身に宿していた赤ん坊をひとりで育てていたある日、彼女の恋人だったという美貌の実業家ジェラードが現れる。

「蝶になるとき」

ダイアナ・ハミルトン　　高木晶子 訳

イタリア屈指の大富豪アンドレアに片想いしている、住みこみの家政婦マーシー。垢抜けず冴えない容姿をアンドレアに指摘され、美しく変身しようと決意する！

既刊作品

「やすらぎ」

アン・ハンプソン　　三木たか子　訳

事故が原因で深い傷を負い、子供が産めなくなったゲイルは、魅惑の富豪にプロポーズされる。子供の母親役が必要だと言われて、愛のない結婚に甘んじるが…。

「愛に震えて」

ヘレン・ビアンチン　　古澤　紅　訳

10代のころから、血のつながらない義兄ディミートリに恋をしているリーアン。余命わずかな母を安心させるために、義兄から偽装結婚を申し込まれ、驚愕する。

「暗闇の中の愛」

レベッカ・ウインターズ　　東山竜子　訳

結婚したばかりの夫バンスが事故で失明してしまう。はやる心を抑え、リビーが病室に入ると、夫は彼女を頑なに突き放すや、冷たく離婚を申し出たのだ。

「愛の記憶が戻ったら」

ミランダ・リー　　森島小百合　訳

結婚紹介所を通じて富豪リースのお飾りの妻に選ばれたアラナ。ある日、夫の嫉妬に気づき、喜んだのもつかのま、交通事故に遭い、記憶をすべて失ってしまう！

「雨の日突然に」

ダイアナ・パーマー　　三宅初江　訳

母親を亡くし、財産も失った令嬢ベスのもとへ富豪ジュードが訪ねてきた。彼はベスが相続した株を手に入れるためにベスに愛なき結婚を迫り、強引に連れ去る！